Sonya
ソーニャ文庫

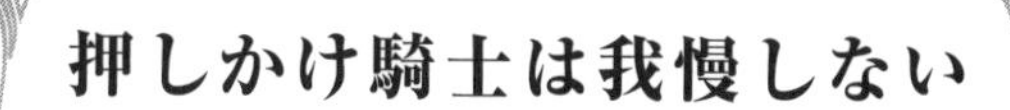

押しかけ騎士は我慢しない

秋野真珠

イースト・プレス

contents

序章

アルヴァーン王国一の高さを誇る西の塔の向こうへ陽が沈むころ、ツァイラー子爵家の本邸は静まり返っていた。

ツァイラー家は代々、武によって王家に仕える家系である。

現在の家長も、隠居を決めた父から爵位を継ぐまでは、国王の近衛隊士を務めていた。

彼には四人の弟がいるが、次男は長男の後任として近衛隊士になり兄に負けぬ働きをしているし、その下の双子は傭兵となり国内外の情報を王に届ける役目を負っている。

そして五男のディートハルト。

末っ子の彼だけは兄たちと母親が違い、他の兄弟とも年が離れている。けれど、ツァイラー家に生まれた者は皆、何かしらの武道を極める義務があるので、ディートハルトも小さいころから容赦なく鍛えられた。とはいえ、彼には天賦の才があったようで、兄たちからの教えをあっという間に吸収し、剣の腕前に関しては、十歳のころにはすでに兄たちに匹敵するほどとなっていた。けれどそれ以外のことでは、彼は年の離れた末っ子として非常に甘やかされて育ったために、子どもっぽさがなかなか抜けない。

前子爵である彼の父は、ディートハルトが成人したあかつきには、王太子の近衛隊士として近衛隊に入隊させようと考えていたが、精神面を成長させる必要性を感じて、傭兵として各国を回る双子の兄たちに同行するよう命じた。

賑やかな彼がいなくなったことで、屋敷はずいぶんと静かになった。

前子爵は、長男に家督を譲った後、本邸から少し離れたところに別邸を建て、後妻と隠居暮らしをしているし、次男は仕事柄、宮殿に部屋を賜(たまわ)っているため、屋敷に帰ってくることは稀(まれ)だ。

現在、本邸には家長のエックハルトとその妻、そして彼らの子どもがふたりいるが、この時刻になると、子どもたちは母親と部屋で静かに過ごしているので、平穏そのものだった。夕陽に染まる家長の執務室に、軽いノックの音が響く。

「――エックハルト、まだ帰ってこないのか？」

家長であるエックハルトの名を気軽に呼んで部屋に入ってきたのは、彼の父であるレオンハルトだ。目尻に皺の寄った風貌(ふうぼう)は、五十代の年相応にも見えるが、若いころから鍛え続けている肉体には未だ老いは感じられない。

エックハルトは、手にしていた書類から目を離し、外を見て時刻を確かめた後、父に向き直る。

「予定では、確かに今日あたりのはずですが……」

誰のことかは言わなかったが、エックハルトには、父が何を気にしているのかよくわかっていた。一年前、双子の弟たちとともに旅に送り出した末の弟ディートハルトの帰郷がそろそろのはずなのだ。

だが旅の道中は何が起こるかわからない。この国もつい二十年ほど前まで、隣国との戦争に引き込まれて気軽に旅に出ることなどできなかった。当時の王太子で、現国王の采配により戦争は見事勝利で終わり、この国には平和がおとずれたし、周辺国にも今は目立った争いはないが、何かしら小さな諍いがあるのも事実で、傭兵である双子の三男と四男は、それを飯の種としているのである。一番多い仕事は、各国を巡る商隊の護衛だが、行った先で仕事を見つけるのも面白い様子だ。

その旅に同行しているディートハルトは、よく言えば天真爛漫で楽観主義、悪く言えば物事を深く考えず本能で動く癖がある。定期的に届けられる手紙には、その性格からどこへ行っても可愛がられていると書かれてあり、剣の腕については兄たちも認めるところなのでひとまず安堵はしていたが、双子はさぞや手を焼いていることだろうと、兄や父は彼のやっかいさに同情もしていたのだった。

その彼らが、今日あたり家に着くという連絡をもらって以来、何の音沙汰もない。

父レオンハルトが気を揉んでいるのは、ディートハルトの母親であり後妻のエッダが心配しているからだ。

レオンハルトの前妻は、子爵夫人としてよくできた女性だったが、双子の出産の後に身体を壊し、数年後に儚くなった。その後、幼い子どもたちを抱えたツァイラー家にやって来た子守がエッダだった。その優しさと大らかさは子爵の心を和ませ、先妻の子どもたちからも好かれていたので、やがて望まれて後妻という立場に収まった。ただ、貴族ではなかったために、対外的には妾の立場だ。

エッダは決してか弱くはなかったが、身体の小さい人だった。そのエッダが産んだディートハルトは、ツァイラー家の遺伝子のせいかとても大きな赤子で、その出産は母体にかなりの無理を強いた。そのせいで、エッダは臥しがちになり、今は隠居の身となったレオンハルトと別邸で静かに暮らしている。

「……このままぼうっとしていても仕方がない。ひとまず灯りをつけよう」

そわそわとしてしまう気持ちは、無事に帰って来てくれるだろうかという期待と、何かしでかしていないかという不安が混ざっていて、待つしかない身では溜め息を吐くしかない。だが、父と長男が、燭台に火を灯したとき、それまで静かだった屋敷が俄に慌ただしくなった。

そのざわめきは使用人たちが一斉に動き出したせいであり、階下の玄関ホールが開いたせいでもあるのだろう。

「――戻ったようですよ、お父さん」

「そうだな、また賑やかになる……」

苦笑し合ったところで執務室の扉が勢いよく開き、賑やかさの大元が飛び込んで来た。

「ただいま戻りました！　兄さん、お父さん！」

バターンと、貴族としてはあるまじき豪快さで扉を開け、旅の汚れも落とさぬまま元気いっぱいに叫んだのは、他の誰でもない、兄たちの心配の種であり、可愛い末っ子でもあるディートハルトその人だった。

埃（ほこり）っぽい旅装であるものの、その姿を見れば怪我もなく無事に帰還したことはよくわかる。しかし、成人して近衛隊に入隊しようかという青年の振る舞いではないこともよくわかる。心の成長を願って旅に出したものの、末っ子は相変わらずのようだ、と兄と父がもう一度苦笑してしまったところで、ディートハルトの後ろからお目付け役に付けていた双子が現れた。

「エックハルト兄さん、お父さん、ただいま戻りました」

「この通り――うちの末っ子は怪我もなく、無事に帰りましたよ」

「怪我をするほど大変なことはなかったよ。でも、いろんな国を見て回れて、とても面白かった！　ハルトムート兄さんとハルトウィヒ兄さんがいつもこんな楽しいことばかりしているのかと羨ましくなりました！」

末っ子のディートハルトは、道中さぞや気疲れしただろう双子の気持ちなどまったく気づいていないかのように清々しい笑顔を見せる。まるで遠足から帰った子どもそのものだ。

傭兵として旅をしていたのだから、ただ歩くだけの旅ではなかったはずだが、ディートハルトにはそんなことは苦労のうちに入らなかったようで、剣をとって戦うことも楽しい出来事として処理されているようだった。

この気性は誰に似たのか、と溜め息をつく父の隣で、エックハルトが眉根を寄せる。

「お前のことは、すでに王太子付きの近衛隊士として陛下に推薦（すいせん）してある。今更、傭兵になりたいと言われても困るぞ」

その言葉に、ディートハルトの旅のすべてを知るハルトムートとハルトウィヒは同じ顔を見合わせ、長兄以上に困惑の表情を浮かべた。

「どうした?」

「……ディートハルトが、近衛隊士か、と」

「何か問題でも?」

ツァイラー家のなかでも武芸の才能が抜きんでている彼ならば、近衛隊に入ってもすぐに王族にも認められるだろうとエックハルトは見込んでいるが、双子の表情は晴れない。

「何か、というか……」

「正直俺たちは、ディートハルトに護衛任務は難しいのでは、と思います」

「なぜだ?」

兄と父がそう訊き返すのも無理はない。

自分の話だというのに、他人事のようにきょとんとしているディートハルトを一瞥(いちべつ)して、旅の苦労を吐き出すように溜め息をついたハルトムートとハルトウィヒは、簡単に弟の現状を語った。

「ディートハルトには誰かを護る、ということができないようなのです」

「その代わり、敵を追いつめるのはとても得意なようですが」

「…………」

「あ、旅の途中で一緒になった他の傭兵たちから、暗器の使い方を習ったようですよ」

「敵の後ろから忍び寄る技術もなかなかのものです」

「…………」

無言になった兄と父の気持ちは、ひとつだった。

それは暗殺者の能力だ！

兄と父は双子の懸念をすぐに理解したものの、どう答えていいかわからず、武芸の腕が上がったことを褒めてほしそうな末っ子に、ひきつった笑みを向けることしかできなかった。

「なんというか敵を見つけるとそのまま一直線で、仕留めるまで帰ってこないんですよ」

「いくら教えても、本能のようで。ディートハルトにも、『犬ではないのだから』と護衛の本分を教えたつもりなのですが……」

「だって兄さん。敵はちゃんと仕留めないと、次に何かあってからでは遅いでしょ？」

それはその通りだが、と頭を抱えたくなるのは双子だけではなかった。

「しかし今、この国の近衛隊は他国との争いもないため、王族の護衛が基本だ。その下位の兵士になるなら王都の警護で護衛だけにはならないが……いやしかし、護るより攻めるでは、傭兵の仕事のほうが合うのだろうが、しかし……」

エックハルトにはひとりごとのように呟く父の懸念がよくわかった。

すでに弟ふたりを傭兵にしている。武をもって国に仕える家系であるツァイラー家も、家族を好んで死地に送るようなことはしたくない。傭兵のほうが近衛隊より命の危機に晒されることが多いのは確かだからだ。

ディートハルトが望むのならばその選択肢も考慮すべきだが、まだしばらくはこの双子たちに面倒を見てもらわなければ安心できない。エックハルトはそう考え、問題の末っ子を見遣る。

「今回の旅は、お前にもいろいろ考えることがあっただろう、ディートハルト。兄としては国のために近衛隊に入ることを望むが、お前の希望もくみ入れたい。お前はこれから……何がしたい？」

気ままな性格だからどこに行くにせよ問題を起こすに違いないが、可愛い弟であることには違いないし、戦闘能力は確かなのだから、できればそれがうまく発揮できる場所で活躍させてやりたい。

エックハルトの言葉は家族全員の気持ちを代弁したものだった。

ディートハルトは、その全員の視線を受けて、自信満々に答えた。


「僕は——女の子と仲良くなりたい！」

その、本音というよりも本能を剝き出しにした答えに、質実剛健を美徳とするツァイラー子爵家の面々はまたもや声を失ってしまったのだった。

一章

高い外壁に囲まれた王都は、王族が住み、貴族が暮らし、平民が生活することで栄えている都だ。中心にある宮殿から一番近くに貴族街が、その外に平民の暮らす市街が波紋状に広がっている。

外壁の正門から宮殿までまっすぐにのびた道が、一番人通りの多い本通りだ。大きな通りはそれ以外にもあり、東西の門から宮殿にのびる道はそれぞれ東通り西通りと呼ばれているが、本通りに比べると道行く人の数は限られている。

どの通りも貴族街を抜けると平民の暮らす地区に入るが、外壁に近くなるほど暮らしが貧しくなっている。王都を俯瞰（ふかん）して見ると、大きくはそのように分けられるものの、本通りだけは貴族街も市街も雑多な人で埋め尽くされているのが常だ。貴族の馬車も走るし、商いの荷馬車も通る。本通りに沿うように立ち並ぶ店を目当てにしている人も多く、特に昼の間は貴族も平民に紛れるように装いを変え、賑やかな街の雰囲気を楽しんでいる。

それはすでに王都の日常であり、もしも何かが起こったときには、駐在している近衛隊の下部組織の兵士がすぐに駆けつけてくれるから、どんな身分の者も安心して過ごすことができていた。それが王都の魅力だった。

その本通りの、貴族街の端から正門に至るまでのちょうど中間に、現在四代目が切り盛りする食堂、「黒屋(くろや)」があった。大衆向けの料理店であるから客は平民が多いが、一度その店の味を知れば、貴族でも身分を隠して通い詰めるという、知る人ぞ知る有名店だ。

　看板メニューは「黒シチュー」で、その名の通り見た目が墨(すみ)のようにまっ黒いシチューである。一見、料理としては忌避(きひ)感を覚える色だが、癖になる味と評判で、これまでその人気が衰えたことはない。さらに代々の店主は黒に因(ちな)んだメニューを新しく生み出していて、それも絶品なのだという。先代の店主が考案した黒パンも、真っ黒なのに甘いという驚きから、子どものおやつとしても人気で食事の後で買って帰る客もいるほどだ。

　のれん分けをされた先代店主の弟が東通りに店を出しているが、黒シチューだけは本店の秘伝とされ、それもあって本通りにある「黒屋」にはいつも客が多い。

　営業時間は、昼食時と夕食時。昼食時に多い客は、王都を護る兵士たちだ。量が多いのに値段も手ごろだと喜ばれている。夕食時は、ある程度のお酒と肴(さかな)が用意されているから、家族連れというよりも、少し離れたところにある娼館街目当ての男性客が寄っていくことが多い。

　その「黒屋」を営む四代目店主は、アデリナという弱冠(じゃっかん)二十四歳の娘だった。

　その若さで店主となったのは、一年前に前店主であり、アデリナの父であるアルバンが急死したためだ。胸に穴が開いた状態で冷たくなっているのを路地裏で発見された。通り魔の犯行とされ、未だ犯人は捕まっていないが、アデリナは悲しみに暮れているわけにはいかなかった。

今から六年前、王都を襲った流行病で母を亡くしてから、父とふたりで守り続けてきた店を、どうしても潰すことができなかったからだ。

叔父一家から援助の手も差し伸べられたが、父から受け継いだ店は自分が守ると決めていた。

秘伝の黒シチューを作れるのはアデリナだけだったし、楽しみにしている常連客たちのためにも店を続けたいと思い、これまでずっと一心不乱に頑張ってきた。

結果、必死になればどんなことでもできるのだと、今の生活が日常になってから、そんなふうに思っている。

アデリナの一日は忙しい。

黒シチューはアデリナの担当で、朝早くから仕込みに入る。厨房には他に料理人のカルがひとり。まだ少年のような年齢だが、四年前、孤児だった彼を父のアルバンがこの店に雇い入れたことに恩義を感じて、そのまま働き続けてくれている。

開店前になると、カルの手伝いとして彼の弟分のルゼが来る。さらに給仕として、近所に住むヘルガと、カルの妹であるメルもやって来る。

アデリナを入れて五人の若者で回している食堂だが、今のところ以前と変わらず賑わっている。すでに親を亡くしたアデリナにとっては、彼らは家族のような存在だった。

彼らのためにもこの店をずっと続けていくのだと決意する一方で、アデリナは自分の結婚を諦めていた。

店主としては若い二十四歳のアデリナだが、婚期はすでに逃している。適齢期である十八歳のころは母が亡くなり慌ただしかったため、結婚どころではなかった。父がいるうちに相手を見つけられれば良かったが、アデリナが夫に求める第一条件として「一緒に店をやっていけるひと」というものがあったからか、そう簡単には見つからなかった。

そしてそれよりも店の仕事を覚えるほうを優先した結果、ついに行き遅れと呼ばれてもおかしくない年になってしまっていた。

最近では、結婚などしなくても大丈夫、という開き直った気持ちすら持ち始めているが、それでも、アデリナも花盛りの女である。理想の相手を思い浮かべることもある。

できれば、自分を護ってくれるような、強くて優しいひと——

そんな夢を見るのは、以前に優しくて強い人を目の当たりにしたからだ。

一年ほど前のある日、アデリナはメルを背後に庇いながら、嫌な男と対峙していた。手かげんのない男の力で摑まれて、でも誰かに助けてと乞うこともできず、不安でいっぱいだったとき、どこからともなく現れた男性が、自分とその男を引き離し、大きな背に庇ってくれた。

嬉しさと恥ずかしさから顔をまともに見ることも叶わなかったけれど、実はそれはアデリナの初恋だ。どこの誰かもわからず、その場限りでどこかへ行ってしまった人だから探しようもないが、アデリナの中で理想だけが膨らみ、まだ夢を見ている。実際、そんな理想の男性はアデリナのような行き遅れを相手にするはずがないとわかっている。わかってはいるが、夢を見るのは自由だろう。しかし店のことが第一だと思うくらいにはアデリナは現実的であるから、結婚は諦めているし、この夢も誰かに語ったことはない。

それに、順調に見える「黒屋」には、最近になってとある問題が発生するようになっていた。だから余計に自分の結婚を考える余裕などないのだ。

今日も、いつものように慌ただしい昼の営業を終え、一度休憩をはさみ、夜の営業に入ったが、その問題は夜の営業時間に起こることが多かった。


ガシャーン、と何かが落ちた音とともに、女性の悲鳴のような声が響く。

賑やかな食堂内でもはっきりと聞き取れるほどの音だ。厨房にいたアデリナは慌ててフロアに出て確かめる。そこにさらに怒声が轟いた。

「俺のせいだってのか!?」

「きゃぁっ」

再び悲鳴を上げたのは給仕のメルだ。

まだ十四歳の彼女は、最近夜の時間の手伝いを始めたばかりだった。

お酒も出す夜の時間は酔っ払いも多いため、成人前の彼女には手伝わせないことにしていたが、長年、昼の給仕をつとめたメルは客あしらいも上手になったため、また本人の希望もあり、人手の足りない夜の時間もお願いすることにしたのだ。

厨房から一番遠い入口に近い席で騒ぎは起こっていた。赤ら顔の男性ふたりが、食台の下に落とした料理を踏みつけて、近くに立つメルに怒りを向けている。

「俺が、虫が入っていたと言ったら入っていたんだ！　この店は虫入りのものを客に食わせるのかっ！」

「そうだ！　客を何だと思ってるんだっ今すぐ詫びろ！」

店の外まで響くようなその怒声で、アデリナは客の怒りの理由を知る。

異物入りの料理を出すのは、食堂としてあってはならないが、その料理はすでに床にまき散らされたあげく踏み潰されているので、アデリナが確かめる術はない。

だが、怒鳴り声を上げる大柄な男性の手が、怯(おび)えるメルの頭に伸びるのを見て、アデリナは急いで少女の身体を引き寄せた。

「申し訳ありません、お客様」

同時に、激怒するふたりの客に真正面から向き合う。

背中に隠したメルが声を殺して泣いているのを感じながら、アデリナはしっかりと客の目を見て、それから頭を下げた。

「すぐに新しい料理をお持ちします。座ってお待ちいただけますか」

「はぁ!?」

「座れだと？　この店は客に命令するのか!?」

「いえ、命令ではなくお願いです——すぐにお持ちしますので」

アデリナは、汚れた床を視界の隅にとらえながら、悔しさに眉を寄せた。

また、これだ。

このような客は初めてではない。

給仕が女性だからか、娼婦扱いしてくる男性客もたまにいる。

実際、この料理に虫が入っていたかはわからないが、彼らの怒りはそれだけではなく、酔いに任せてただ怒りたいだけのようにも感じられる。

「黒屋」では、少し前からこんなことが多くなっていた。

いくらアデリナの店主としての経験が浅くても、これが異常なことだと気づかないはずがない。ただ理由がわからないために、そのつど客を落ち着かせても、根本的な解決には至っていなかった。

今日も相手の要望を受け入れ、大人しく帰ってもらう方向に持っていくしかない。

とはいえ、こちらからお金は払わない。迷惑料として金銭を要求されることもあるが、父の教えからそれは最後の手段としていた。

一度お金で解決してしまうと、その後も何かを起こせばすぐにお金を払ってもらえると思われるからだ。しかし相手は客なのだから、強引に追い出すこともできない。

なにより、目の前の男性客ふたりはどう見てもアデリナより一回りは大きく、荒事にも慣れているようだ。力で敵う相手ではないことなど誰が見てもわかる。

アデリナがどうにか相手の気持ちを落ち着かせようと頭を下げたまま言葉を探している

と、ふたりの男性客からいやな視線を感じ、顔を上げた。

にやにやとした顔でアデリナを舐めるように見ている。

「じゃあお前が給仕しろ」

「そうだ、新しい酒を持ってこい。酌をして相手をしろ」

「それは――」

要求がそれだけに留まらないだろうことは容易に想像できて、アデリナは躊躇った。

給仕の仕事は客に食事を運ぶことであって、酒の相手をすることではない。

「黒屋」は食事を楽しむための店だ。その矜持が、アデリナの身体を硬くした。

「どうしたぁ、早くしろ」

「そっちの小娘が酒を持ってこい。お前はここに座れ――」

言いながら、大きな手が伸びてきて、避けるべきか従うべきか、アデリナは一瞬迷う。

その手に身体を摑まれることを覚悟したが、次の瞬間、アデリナの前には大きな壁ができていた。

「……!?」

驚いたのはアデリナだけではない。

騒ぎの様子を固唾を呑んで見守っていた他の客たちも、アデリナを引き寄せようとしていたふたりの男たちも、唖然とした様子で動きを止めていた。

アデリナの前に、背の高い逞しい男が立っていたからだ。

「……なんだぁ、お前？」

「この店のもんじゃねぇだろ、どっか行ってろ」

ふたりの客は機嫌の悪さを隠しもせず、アデリナを背に庇うように立ちはだかる男を睨みつけているようだった。

アデリナも、いったいこの状況は何だ、と目を瞬かせたが、この大きな背中の主も「黒屋」の客に違いない。つまり、アデリナが護らなければならない立場の人だ。

退いてもらわなければと、アデリナが目の前の逞しい背中に手を伸ばそうとしたところで、緊迫した場にそぐわないのんびりとした声が、ふたりの酔っ払いたちに向けられた。

「この店に入っていいのは、お客さんだけだ」

その声は、まだ若い青年のものだった。

しかし、今の状況を理解しているのか心配になるほど落ち着きはらっていて、アデリナは思わずその背中に手を添える。

「あの……」

アデリナの戸惑いの声に、青年は肩越しに振り返ると、目を合わせてにこりと笑った。

アデリナは息を呑む。

ちょっと、待って――

こんな状況なのにアデリナは動悸が激しくなった。まるで以前助けてもらったときと同じだ。彼ではないとわかっているが、胸を高鳴らせずにいられない状況に狼狽える。

振り向いた顔はやはり若い青年のものだったけれど、整った精悍な顔つきと、人懐っこい笑顔はアデリナの意識をすべて持っていってしまうほど魅力的なものだったからだ。

「待ってて。すぐに片づけてあげるから」

「え……っと、あの……？」

青年の声はいたって平静そのものだが、状況はそんなに落ち着いていられるものではないはずだ。だがアデリナが混乱しているうちに、彼は素早く次の行動に移っていた。

「そんな汚い手でこの人に触るなんて、おじさんたち頭大丈夫？　料理に何かが入ってたんだって？　でもおじさんたち頭おかしそうだし、目もすごく濁ってるよね。本当にそんなもの入ってたのかな？」

「な――っなんだてめぇはっ!?」

「喧嘩売ってんのかこのガキがぁ！」

「売ってるのはおじさんたちだよね」

相変わらずのんびりとした口調だったが、内容はまったく平穏ではない。案の定、男たちはますます怒りを膨らませるが、青年はその怒りを真正面からぶつけられても平然と受け止めていた。

「ここは食堂で、ご飯を食べるところだから、喧嘩は外でしたほうがいいと思うね」

「ふざけんなこのガキ！」

「あんまり調子に乗ってると――っ」

大きな背中に遮られてアデリナにはよく見えなかったが、男たちは青年に摑みかかろうとしたのだろう。しかしそれは叶わず、怒鳴り声も途中で止まってしまっていた。

アデリナが横から顔を覗かせると、青年が両手にそれぞれの男の頭を摑んでいた。

「わぁ、汚い」

「いでででっ」

「てめ、放せっこのガキ――」

「僕だってこんな汚い頭なんて持っていたくないよ。でもおじさんたちが聞いてくれないから」

「ふざけんなぁっいでで！」

「この馬鹿力がっ放せぇっ」

「わかった。外で放してあげる。喧嘩したいなら外でしようか」

「ばかやろ――っ」

「放せぇっ」

「はいはい、すぐ外に出るよ。あ、みんなはご飯続けてくださいねー、お姉さんもそのままお仕事続けて。僕が戻ってくるまで店から出ちゃだめだよ」

青年の声は相変わらず、男ふたりの顔を摑んで引きずっているとは思えないほどのんびりとしたもので、そのまま本当に店の外へと出て行ってしまった。外に出る間際に他の客たちを安心させるような微笑みを振りまくことも忘れていない。

　アデリナは呆気に取られつつも、騒ぎの原因である男たちがいなくなったことで、しんと静まり返った店内に今の状況を思い出して、慌てて残りの客たちに頭を下げる。

「皆さま、申し訳ありません、どうぞそのままお食事を続けてください！」

　その声をきっかけに他の客も我に返ったのか、わっと店内が騒がしくなる。

　話題はもちろん、先ほどの青年についてだ。

　小さな店に突然現れた英雄に興奮しているようだった。

　アデリナは、店の外に姿を消した青年のことが気になったものの、必死に冷静を装い、店内をいつも通りに戻すべく努めた。

　汚れた床をメルに掃除するよう頼み、騒ぎのお詫びとして、客たちに新しい酒を振る舞うようヘルガに頼む。妹を心配するカルが厨房から飛び出してきそうだったのを宥めて、料理を引き続き作るように指示をした。

　しばらくして、床の掃除を終えたメルが、他の客たちから励ましの言葉をかけられ笑顔を取り戻しているのを見て、アデリナはほっとするのと同時に感心した。

　やがて陽気な賑やかさを取り戻した店内は、本通りの店の明かりが消えるころ、いつものようにその日の営業を終えた。

　思わぬ事態のせいで普段よりも賑やかだった客たちの相手をしていたために、酔っ払いと一緒に出て行った青年がどうなったか、外に出て確かめる余裕はなかった。

　片づけをすべて終えて、従業員全員がほっと一息吐いたところで、ようやくそのことを口にする時間ができた。

「それにしても――すごかったわね」

口火を切ったのはヘルガだ。既婚者の彼女は、いつもなら最後の客が帰った後、片づけは他の者に任せて先に帰るのだが、今日は店が心配だからと閉店後まで残ってくれていた。

「メル、大丈夫だったか？」

妹の心配をするカルは十六歳で、急に伸びた身長に筋肉づくりが間に合っていないというようなひょろりとした体格の少年だ。あの場に出ても荒くれ者ふたりの相手などできなかっただろうが、大事な妹のためなら何度倒れても立ち向かっていっただろう。そうなれば、無傷ではいられなかったに違いない。

そう思うと助けてくれた青年には本当に感謝の気持ちしかない。

「うん、大丈夫。びっくりしただけだよ」

「やっぱり夜の給仕は……」

「大丈夫だってば。あんなお客さんばっかりじゃないでしょ？」

「これまでは、ね……」

溜め息を吐いたヘルガに、アデリナも同じように息を吐きたくなる。

「最近……なんかおかしいと思ってたけど、これ、絶対嫌がらせだよな？」

カルの目には怒りがあった。

まだ若い料理人だが、アデリナの父に仕込まれているだけあって、この店に対する愛着が強い。彼の憤りはアデリナにもよくわかる。最近になって急に増えた、証拠のない言いがかりは、確かに嫌がらせのたぐいだろう。

「でも……どうして、こんなこと、いきなり……？」

怒りを覚えても、アデリナにはどうしてもその理由や発端がわからず、父亡き後のこれまでを思い返す。

アデリナが四代目として店を継ぐことは、常連客にも強く願われてのことだったし、嫌がらせをされるほど誰かを傷つけた記憶もない。理由のわからない悪意に晒されて、困惑するばかりだ。これまではなんとかなったけれど、今日のようなことがもし続くようならどうすればいいのか。なにしろ、荒事に向いている者はこの店にはひとりもいない。

カルも孤児院に居たころ、妹を護るために多少の喧嘩はしてきたようだが、大人の男に多数で来られるとどうしようもない。

アデリナも料理はできても、所詮女だ。喧嘩などしたことはなく、もしも、今日のようなことがあれば、次は理不尽な要求も受け入れなければならないかもしれない。

そんなこと――

その状況を想像しただけでも、ぞっとしてしまい、自分の手をぎゅうっと握りしめる。

「どうしたら……」

全員が答えを見つけられず、眉根を寄せて考え込んだところで、またのんびりとした声が耳に届いた。

「じゃあ、僕が護ってあげる」

振り返った先には、今日の窮地を救ってくれた青年がにこりと笑っていた。

＊＊＊

昨日、久しぶりにツァイラー子爵家に戻ったディートハルトは、高揚した気分で胸がいっぱいになっていた。

傭兵としての旅はとても楽しいものだった。

旅をした理由は、父と長兄が言うには「大人になるため」らしい。

だがディートハルトは、ツァイラー家の遺伝のおかげか大柄で、身長はもう兄たちとそう変わらない。幼いころから鍛えてきた身体も、充分大人のものだという自負があった。

だからこそ、大人になるための旅、というのは正直わからなかったが、それまで王都の中の限られた場所だけで生活してきたディートハルトにとっては、外に出て自由に動けるというだけで嬉しくて、理由などはどうでも良かった。

ツァイラー子爵家は昔から武芸に秀でた者が多かった。血筋もあるのかもしれないが、そもそも幼少時からの稽古とたゆまぬ努力が結果に繋がっている。ディートハルトも同じようにして育てられたが、周囲が驚くほど上達が早かった。もともと身体を動かすことが好きだったディートハルトにとっては、どのような鍛錬も楽しくて、あっという間に年の離れた兄たちに追いつく実力となった。

兄たちのしごきは容赦がなかったが、長兄のエックハルトとは年が十六も離れているため、弟というよりは子どものような扱いをされたし、次兄や双子の兄たちの指導も長兄と似たようなもので、厳しかったけれど辛くはなかった。そもそも、どんなことでもあっさり習得してしまうディートハルトには、兄たちは優しい人にしか感じられない。

しかし一方で、自分が甘え上手だということも自覚している。どうすれば自分のわがままを聞いてもらえるか、甘い兄たちを持った末っ子は、幼いころからうまいやり方を摑んでいた。傭兵としての約一年間、いろんな人と出会ったが、そのすべての人にディートハルトは可愛がられたのもそのおかげだ。

兄たちの友人である他の傭兵仲間たちから教えられた、騎士の闘い方ではない泥臭い戦法も面白かったし、商隊の護衛だけではなく、他国の小競り合いにも参加して、人を手にかけることも学んだ。闘うということは敵を倒すということで、決して綺麗事ではない。だがそれが、ディートハルトの心を沸き立たせる。

敵はすべて倒す。どんな手を使っても倒す。必要ならどこまででも追いかける。

それが結果として誰かを護ることになるのだから、必要なことだとも思った。

傭兵としての旅が終わった後、王族の護衛という仕事が与えられるのは理解していた。けれどそれがディートハルトの考えている内容とかけ離れているのだと、旅の途中で双子の兄たちから、帰宅してからは長兄と父から口を揃えて言われ、充実した旅を終えて満足していた心の奥に少しの不満が生まれたのも事実だ。

双子の兄たちは「ディートハルトに護衛は無理だ」と言ったが自分もその通りだと思っている。

それならば、好きなことをしたかった。つまり「女の子と仲良くなりたい」のである。

もともとディートハルトは女性に興味がなかった。なぜなら女性というものは、彼の知る範囲では美しく着飾ることだけを使命として生きているような存在だったからだ。それに、少しでも気に食わない相手がいれば——例えばドレスに対する賛辞が足りなかったという些細なことだけで、陰口をたたいてその者の評価を下げる。そのくせ、国王から寵愛されているという評判だけで、子爵家の五男であるにもかかわらずディートハルトの周囲に集まりたがる。とはいえ、ディートハルトは妾腹だから、蔑みを持って近づいてくる女性も中にはいて、嫌なら近寄って来なければいいのにと、ますます女性というものがわからなくなるのだった。

武芸を極めることが大好きだったディートハルトには、貴族社会が肌に合わなかった。ディートハルトが甘え上手なのは、人の心の機微に敏感なのも大きい。女性たちは自分の気持ちをうまく隠していると思っているようだが、ディートハルトにはまったく隠されていないのだ。そもそも、ディートハルトに一番身近な女性であるはずの母でさえあまり傍にいなかったため、ディートハルトは女性というものをよく知らず、得体の知れない者としか判断できなかった。

それでも、女性には優しくするようにと兄たちから教えられている以上、撥ねつけることもできず、そのうちにディートハルトは社交界には近づかなければいいのだと気づいた。

そんなある日、兄の友人である傭兵たちに「女を教えてやろう」と言われた。ディートハルトにまったく興味はなかったが、無知過ぎるとこの先困るぞと言われたので、そんなものかと思い彼らに従った。

娼婦という女性はとても丁寧で、優しく、さらに気持ち良かった。

嫌な香水の匂いもなかったし、ディートハルトを蔑みながら媚びる目もなかった。こんなに楽しいことが鍛錬以外であるのだとはまったく知らなかった。

だから、「何かしたい？」と長兄から訊かれたときにその気持ちをそのまま伝えただけなのに、なぜか長兄や父には頭を抱えられ、このままではどうしようもないので、と双子の兄たちは娼館へ連れて行くことを優先してくれた。

でも本当は、ディートハルトは娼館へ行きたかったわけではない。ずっと気になる女性がいて、見つける術がわからなかったから、とりあえず街に出る兄たちについていったのだ。

そこで運命の再会が待ち受けていようとは、そのときのディートハルトにも兄たちにも予想できないことだった。


あれは今から約一年前、旅に出る直前のことだった。

初めて王都から出られるという浮かれた気分のまま、兄たちと街の通りを抜け、外壁の門へと向かう途中、ディートハルトはある女性を見つけた。

女性なんて見渡せばどこにでもいるものだとわかっていたが、彼女は誰かと争っているようだったから目を引いた。

「……つめて、今日は店を開けているはずでしょう!?」

「だから、手伝ってくれればいいだろ」

彼女の腕を、男の強い手が掴んでいて、そこから逃げ出せないようだった。彼女の後ろには、不安そうな顔の少女がくっついている。

どんな関係なのかはわからなかったが、女性に優しくと教わってきたディートハルトには不快なものにしか見えなかった。だからディートハルトはすぐさまそこに近づいて、彼女の腕から男の手を引き離し、そのまま自分の背中に隠した。

「嫌がってるよ」

「……誰だ、お前!?」

「知らない相手にお前呼ばわりされる者でもないけど、女性に手を上げる男は容赦しなくていいというのが家訓だから」

喧嘩をしていいと教わったわけではないが、この男に負けるはずがないのは自分がよくわかっている。だからこそ、冷ややかに睨みつけた。

そのとき、ディートハルトの背中に柔らかなものが触れた。

「……ッ」

それが彼女の手だと気づいたとき、自分の体温が上がった気がした。

肩越しに振り返ると、彼女は後ろに隠れていた少女と同じように不安な顔をしてディートハルトにしがみついている。

彼女に、誰も触れさせたくない。

その想いだけが頭の中を満たす。

ディートハルトは高揚した気持ちを抑えるように相手の男に鋭い視線を向けた。すると、その気迫に押されたように、その男は舌打ちをして逃げるように人ごみに消えていった。

ほっと、彼女が後ろで息を吐くのがわかった。もう大丈夫だ、と言ってあげようとして振り返ったそのとき、一緒にいたはずの弟の姿が見えないことに気づいた兄たちがやってきた。

「ディート！　お前何をやっている？」

「置いていくぞ。早くしろ」

「ああ、うん。今行くよ兄さん――」

でもその前に彼女と話をしたいと思って振り返ると、その彼女は深く頭を下げていた。

「――ありがとうございました！」

彼女の後ろにいた少女も同じように頭を下げている。

確かに、お礼を言われることをしたとは思うが、彼女から聞きたいのはお礼ではない。

「――」

「ディート！」

ディートハルトが言葉を紡ぐ前に、痺れを切らしたように兄が呼ぶ。一向に頭を上げてくれない彼女と兄を見比べ、ディートハルトは溜め息を吐いた。

「――気をつけてね」

ディートハルトはそれだけを残し、彼女のことを何も知らないまま、兄たちとの旅に向かったのだった。

だからその旅から帰って来て、ディートハルトが「黒屋」に入ったのは、まったくの偶然だった。

だがそこで、運命が待っていた。

あのときの彼女をどうやって探すか、これからゆっくり考えるつもりでいたのに、この出会いはまさに天に導かれたものなのだろう。

夕暮れの時間、兄たちは娼館に行く前に美味しいものを食べようと「黒屋」へ案内してくれた。

王都の本通りを歩くのは久しぶりだった。以前来たときは成人しておらず、ディートハルトの行動範囲は限られていて、平民の営む店に入ることなどもちろんできなかったから、食堂というもの自体が珍しくてならなかった。

身分を気にしなくていいことがどんなに楽かを旅で知ってしまったディートハルトは、

もう貴族の暮らしには戻れないかもしれないとすら感じていたから、兄たちの勧める店がとても楽しみだった。

「絶対に黒シチューは食べるべきだ」

そう断言するハルトムートの言葉に、同じ顔のハルトウィヒも同意している。傭兵稼業をしていても貴族のふたりだ。仕事柄、食べ物を粗末にすることはないが、一流の食事には慣れているし、舌も肥えている。

その兄たちが断言するので、期待は高まるばかりだ。

「お待たせしました、黒シチューと、揚げ物セットです」

給仕に当たってくれたのがこの店の店主だとディートハルトは後で知った。

だがそんなことはどうでもよかった。

彼女の姿を見た瞬間、頭が真っ白になるほどの衝撃を受けたからだ。

「ああ、ありがとう」

「待ってたんだ。王都に帰ってくるとどうしても食べたくなるんだよな」

「まぁ、ありがとうございます」

食台に置かれたシチューは、その名の通り非常に黒かった。見たことのない料理には興味を引かれたし、酒のつまみに持ってこいの揚げ物も美味しそうだ。いつもならすぐに目の前の料理に手を伸ばして貪っていただろう。

しかしディートハルトは料理よりも兄たちと話す女性に目を奪われていた。

何の変哲もないブラウスにスカート、そしてエプロンを纏い、濃い茶色の髪をひとつにまとめた姿は食堂で働くのに相応しい出で立ちだ。けれど、清潔感のある印象とは裏腹に、成熟した女性の色香がにじみ出ているように見える。

　彼女は他の常連客たちにはもちろん、久々に来店したという兄たちにも優しい笑顔を向けている。

「今日は良い鶏肉が入ったので、カラッと揚げてみたんです。でもそれだけだと飽きてしまわれるでしょうから、他にいくつかお野菜など——」

　丁寧に料理の説明もしてくれる。料理と兄たちを交互に見るその視線に、ディートハルトはどうしてか心がざわついた。

　いや、兄たちに向けられる笑顔が、どうして自分に向けられていないのかと苛立ちすら覚えた。

「こちらの方は……初めまして、ですよね？　いらっしゃいませ。ご挨拶が遅くなりました。店主のアデリナです」

「………………！」

　不意にこちらを向いてにこりと微笑まれて、口の達者なディートハルトにしては珍しく挨拶を返すことができなかった。

「不肖(ふしょう)の弟でね」

「ディートにもここの黒シチューを食べさせてやりたいと思ったんだ」

「まぁそれは、ありがとうございます」

また兄たちに視線が戻ってしまったのが許せなくて、ディートハルトは考えるよりも先に口を開いていた。

「初めて、だっけ？」

そう言ってから、少し子どもっぽかったな、と思っても遅い。

家族からは散々「大人になれ」と小言を言われ、それを目的として旅にまで出されたディートハルトだが、甘えが許される家族以外にはちゃんと落ち着いた大人の対応ができる。それなのについ出てしまった意地の悪い発言に、まず自分自身が驚いた。

対してアデリナは、またすぐにディートハルトへ視線を戻すとにっこり笑った。

「はい。仕事柄、この店に一度でもお越しいただいた方は皆覚えています。これからご贔屓にお願いします」

そう言ってアデリナは他のテーブルへも挨拶をしながら、厨房に戻っていった。

ディートハルトは、アデリナの姿が消えるまでずっと視線で追いかける。しばらくして、厨房から出てきて料理を運びながら客と談笑する彼女を見ると、心に光が差し込んだように感じ、彼女がいなくなると逆に影が差したように感じた。

「……おい、おい？」

「ディートハルト？　どうした？」

双子の兄たちが心配して声をかけるほど、店内を忙しなく動く彼女をじっと見つめていた。もう見失いたくなかったからだ。

背中に、彼女の温かな手の感触が蘇（よみがえ）る。何度か抱いた娼婦の柔らかさなど、一瞬で消え去った。アデリナの微笑みに、これまで会った女性の顔も記憶から消え失せていく。

「……ディートハルト？」

「……決めた」

「は？」

ディートハルトは決意した。この運命を、手放すつもりはない。ここでアデリナに再会した以上、他の女性のことなどどうでもいい。

「彼女がいい」

「……なにが？」

「娼婦じゃなくて彼女が欲しい」

「いやいやいやいやちょっと待てこの馬鹿！　あの子は駄目だ娼婦じゃないからな!?」

「そんな常識もなくしたのかお前は!?」

ディートハルトの意識をアデリナから引き剝がそうとするかのように、服を引っ張り小声ながらも全力で止めようとする兄たちに、ディートハルトはようやく顔を戻して笑った。

「娼婦は女性を買うってことでしょ。アデリナが買えればいいけど……」

「ディートハルト！　口を慎（つつし）め！」

「そんなことができないのは僕もわかってる。だから、ちゃんと僕のにするんだ」

今この瞬間、ディートハルトの心を占めるその気持ちがいったい何なのか、彼自身にもわからなかったが、欲しいと感じる意思は絶対なのだということは誰より自分が理解できている。アデリナをお金で買って自分のものにするのは不満だったけれど、もしアデリナが娼婦だったとしたら、彼女の人生のすべてをすぐさま買い取っただろう。

だから真面目に言ったつもりなのに、ふたりの兄は同じ顔を同じように歪めた。それは呆れ果てたような、驚いたような、怒っているような、複雑な気持ちの混ざったものに見えた。

いったいどれが本当の気持ちかわからなかったが、たとえ激怒され反対されたとしても、自分の気持ちが覆ることはないと確信していた。

「お前……」

「ハルトムート、どうする？」

「どうするってなにが」

「兄さんたちに、どう説明するかってこと」

「……それはこのまま引きずってでも娼館へ連れて行く選択肢はないってことか？」

「だってお前、こんな状態のディートハルト連れて行ける？」

「…………」

頭を抱えて双子会議を始めた兄たちを尻目に、ディートハルトは店内に視線を戻した。

すると、いつの間にか彼女の姿が消えている。きっとまた厨房に入ってしまったのだろう。

次はいつ出てくるのか。いや、いっそこっちから出向くべきか、そう考えている間も兄たちはぼそぼそと話し続けているようだ。

「あの子、ここの店主、結婚してたっけ？」

「いや、そもそも平民だろ……これでもディートハルトは貴族の端くれだぞ、手をつけたりしたら……」

「……やばいかな」

「エッダみたいに妾と呼ばれてもいいって言ってくれる子ならいいかもしれないけど」

兄の会話をそれとなく耳にして、ディートハルトはそうか、と気づいた。

すでに相手がいるかもしれないんだ――

しかしそうであっても、ディートハルトの気持ちは固まっていた。

僕に振り向かせればいいんだよね。

誰かから奪うことになったとしても、構わない。ディートハルトは欲しいものを諦めたりしない。

絶対に、手に入れる。

必ずアデリナを振り向かせると決めたとき、店内が俄かに騒がしくなった。

どうやら酔っ払った客が大声を上げているようだ。すぐさま店主である彼女が現れ、理不尽な客に頭を下げている。

「…………」

どうしてか、ディートハルトはその姿がとても不快だった。

客商売をしているのだから頭を下げることも必要だろう。ディートハルトだってそのくらいのことはわかっている。それでも、粗暴な男たちに謝る彼女のことが、どうしても許せない。

気づいたときには、ディートハルトは彼女と客の間に立っていた。

兄が慌てて止める声も聞こえた気がしたけれど、やめるつもりはない。背中から伝わるこの温もりは、もう自分だけのものだ。

店主らしく冷静に処理しようとする彼女の姿の中に怯えを見つけて、ディートハルトはこの酔っ払いを処分しようと決めた。

少しでも安心させようと振り返ると、彼女と目が合った。

目が合った！

彼女の目に自分が映っているだけで、こんなにも胸が高鳴る。

もともと、腕には自信があるが、今なら何でもできてしまうのではないかと感じた。自分がこの世で一番強いかもしれないと錯覚するほどだ。

この気持ちはいったい何なのだろう。敵を見つけて追いつめる瞬間の高揚感にも似ていた。いや、それ以上の何かがある気がする。

ひとまず、目の前のゴミのような酔っ払いを、さっさと処分してしまおうと店の外へと連れ出した。ゴミが何か呻（うめ）いているようだけれどどうでもいい。店から少し離れて、明かりの届かない路地の奥へと入り込む。

「いてぇっ」

「いててて っ放せぇっ」

「それは僕の台詞だよ。こんな汚いもの、摑んでいたくない」

ディートハルトは暗闇の中で男たちを放り投げ、腰に佩いた剣に手をかけた。

物騒な気配を感じ取ったのか、さっきまで威勢の良かったふたりが怯んだように喚き出す。

「ま、待てっお前、何なんだよ!?」

「落ち着け！　俺たちが悪かったから！　もう帰るから！」

「別に帰らなくてもいいよ。帰るの面倒でしょ？　ここで終わらせてあげるから」

「待て待てっ何を終わらせるって!?」

「悪かったって、もうあの店には行かない！　俺たちもしたくてしたわけじゃないんだよっ」

「そうだ！　言われた通りに騒いだだけで、それで……っそれだけなんだっ」

「ははは、ゴミがなんか言ってるけど、どうでもいいよね？」

「よくねぇっ」

「許してくれっ」

それ以上話を聞いているのも嫌になって、ディートハルトは剣を抜いた。

「おじさんたちにこの剣を使うのはもったいない気がするけど――」

「待て！　ディート！」

「落ち着けこの馬鹿！」

　ディートハルトが一振りで終わらせようとした瞬間、慌てた兄たちに腕を掴まれた。

「放してよ兄さん、早くこのゴミを処分しないと彼女が困るから――」

「処分するほうが困るだろ！」

「ちょっとは考えろ！」

　どういうことだろう、とディートハルトが兄たちに注意を向けると、その隙に男たちが路地のさらに奥へ逃げようとする。双子の兄の片方がそれを追いかけ、すかさず捕まえた。

「逃げるな。お前たちには聞きたいことがある」

「ひえっ」

「俺たちはなんも知らねぇって！」

「知らないはずはないだろう？　誰に言われてあの店で騒いでたんだ？」

「し、知らねぇっ金をもらっただけだ！」

「顔も見てねぇし、本当に、名前も聞いてねぇ！」

「面倒に巻き込まれるのはごめんだ！」

　その面倒を起こしているのは誰だ、とディートハルトは鋭い視線を放つが、暗闇で彼らがわかったのは殺気だけかもしれない。もう一度震えあがったふたりだが、同じ言葉を繰り返すばかりだった。

相手をただのごろつきと判断したのか、捕まえていた兄は溜め息を吐くとあっさり彼らを解放した。

「ハルトウィヒ兄さん、どうして逃がすの？　殺したほうがいいじゃないか」

「こんな王都のど真ん中で殺してみろ、近衛隊が出てくる事件になるだろうが！」

「ちょっとは考えろお前は……」

ディートハルトを捕まえていたハルトムートがそこでようやく拘束を解き、呆れたように呟いた。

でも彼女を困らせた相手は、この世に存在するべきではない。

ディートハルトは心からそう思ったが、弟の気持ちを読んだように兄たちは同じ表情でまた溜め息を吐く。

「ちゃんと考えろと言ったはずだぞ」

「黒屋で騒ぎを起こした男をこんな近くで殺してどうするつもりだ？」

「何か理由があるなら、それを突き止めて解決してあげるほうがあの店主にも喜ばれるだろう？」

「お前、あの子に好かれたいんじゃないのか？」

「好かれたい……」

ディートハルトは彼女と目が合った一瞬を思い出し、その目にずっと見つめられることを想像する。それは、ぞくりと背中が震えるほど、悦ばしいものに感じた。

「僕を好きになってくれるかな？」

彼女を自分のものにする、と決めてはいたが、他人の気持ちはわからない。

できれば好きになってもらいたい。

ディートハルトは剣を鞘に戻し、兄たちを見つめた。

「お前は……」

返ってきたのは溜め息混じりの言葉だったけれど、優しい兄たちが弟の味方であることは、ディートハルトが一番よくわかっている。

彼女を腕に抱いたら……どんな気持ちになるだろう。

ディートハルトは兄たちに恋愛指南を受けながらも、気持ちは先走り、すでに浮かれていたのだった。

＊＊＊

アデリナは店に戻って来たあの青年を改めて見遣り、彼は思ったよりも若いのかもしれないと感じた。

ともあれ、最初にすべきは感謝だ。

「先ほどは……ありがとうございました」

「いいんだよアデリナ！　アディって呼んでもいい？」

微笑みながらの明る過ぎる返事に、アデリナは戸惑った。あまりにくだけた受け答えだったため、こんなときにどうすればいいのかがわからない。

助けてくれたのだから、もちろんできる限りのお礼はしたい。けれどできることとできないことがある。無茶な要求をしてくる人だったらどうすればいいのか。少し不安を覚えながらも、彼の言葉と表情に裏があるとは感じられず、困惑してしまう。

アデリナが曖昧に頷き、何と返そうかと思ったところで青年の後ろから助け船が出された。

「ディートハルト！　お前はいつから挨拶もできないやつになったんだ？」

「まったく情けない。兄さんやお父さんに言って鍛えなおしてもらうべきか……」

突然現れた双子は笑顔全開の青年を挟み、アデリナに申し訳なさそうな視線を向ける。

「失礼した。俺はハルトムート・ツァイラー」

「俺はハルトウィヒ・ツァイラー。これは愚弟の、ディートハルトだ」

双子によって紹介されたそのディートハルトという青年は、何が面白いのか、アデリナに向けた視線を逸らそうとしない。

何かおかしなところがあるのかしら――

自分の姿に不安を覚えるほど見つめられ、ふと相手の格好を確かめる。

普段使いの服に見えるけれど、丈夫に仕立てられた麻のシャツとズボンは、綺麗なものだった。腰には使い込まれた剣もある。王族に仕える隊士というより、王都を護る兵士を思わせる格好だが、それにしては小綺麗過ぎる。

立ち姿はどこか気品があり、やはり平民には見えない。

そこで彼らの名前を改めて思い出し、気がついた。

「……ツァイラー？　ツァイラー家？　って貴族様ですか!?」

慌てたのはアデリナだけではない。後ろに控えていた従業員たちも、さっと身構えた。

確かにこの食堂には、身分を隠して来店する貴族もいるが、名乗ることはもちろん、諍いに関わることなど絶対にない。どんな理由があるにせよ、貴族に手を出したとなれば平民は黙って処罰を受け入れるしかないからだ。

だから道理をわきまえている貴族は不用意に平民に介入しないし、平民のほうも命知らずの輩以外、貴族に手を出すことはない。この国では身分は絶対だからだ。

ただ最近では、現国王が元平民の女性を王太子妃に迎えたことで、その考えも変わりつつある。とはいえ、王太子妃になった女性は、男爵家の養女となっていたから貴族であることには違いない。そうであってもなかなか結婚が認められなかったようだから、依然として貴族と平民の間には確実に大きな隔たりがある。だから今日酔っ払った客から助けてくれたことは明らかにおかしい。

いったい何の目的があるのか、とアデリナが顔を青ざめさせたところで、双子が同じ顔で眉を下げた。

「いや、実際のところ家はまったく関係ない。今回のことは、弟が勝手にしたことだから」

「むしろこちらに迷惑をかけたのでは、と思ったくらいだが……我々が出てから店は大丈夫だったのだろうか？」

あまりに予想外な気遣いにアデリナは驚き、しかし黙っているわけにもいかないとゆっくり頷いた。

「は……はい。私たちが至らなかったせいです。お客様ですのに大変申し訳ありませんでした。助けていただいて本当にありがとうございました」

「いいんだよ。これからは僕がアディを護ってあげるから」

安心して、とにこりと微笑んだのは、双子からディートハルトと紹介された青年だ。

相変わらず機嫌が良さそうだが、アデリナとしては彼の嬉しそうな表情の理由がわからず、首を傾げてしまう。

その直後、ディートハルトはアデリナを腕に抱き寄せたかと思うと、蕩けるような笑顔を見せた。

「僕のものになるんだから、僕がずっと護るよ、アディ」

「――はい？」

言葉はちゃんと耳に届いたはずなのに、アデリナはこの青年の言動がまるで理解できず、ぴしりと石のように固まってしまったのだった。

二章

　驚き過ぎて動くこともできなかったアデリナは、慌てた双子がディートハルトを引き剝がしても、従業員たちに護られるように囲まれても、まだ呆然と立ち竦んでいた。

　そこで不服そうな顔をしたのはディートハルトだけだ。ようやく落ち着いてきたころに、双子から彼の発言についての説明を受ける。

　それによると、つまりディートハルトはアデリナを、この店を護衛したい、ということらしかった。

　ツァイラー家の者は皆、武芸に秀でていて、それを生かした職業についている。次兄は近衛隊に所属し、双子は傭兵をしているという。末の弟であるディートハルトは成人したばかりで、近衛隊に入隊する予定だったが、王族を護るという仕事に就かせるには不安が残る。だからその前に誰か別の人の護衛で経験を積ませたいと思っていた矢先、この「黒屋」で揉め事に遭遇した。都合よくと言えば言葉が悪いが、護衛の仕事をさせてやってもらえないだろうか、ということらしい。

　失礼ながら少し調べさせてもらったところ、最近この店では今日のような揉め事がよく起こっているようなので、とアデリナたちの悩みの種まで調べられているとなると、どう答えればいいのかもわからない。

「ええと、つまり――このディートハルト様が、黒屋の護衛をしてくださる、と?」

アデリナと一緒に聞いていた従業員たちの中で、最初に我に返ったのは最年長のヘルガだった。

彼女の問いに双子の片方、ハルトムートは苦笑して首を振る。

「まぁ、護衛というより、用心棒のようなものだが」

そう言われても、アデリナはますます混乱するばかりだ。

いったい、何をどうすれば近衛隊に入れるような貴族にこんな小さな食堂を護ってもらえることになるのか。

驚きから立ち直れないアデリナだったが、間にいた従業員たちや双子を押しのけて、いつの間にか目の前にいたディートハルトに手を包まれて現実に戻った。

「よろしくね、アディ」

「……っいえいえいえ! 待ってください!」

にこやかに言われても、アデリナが快く受け入れられるはずがない。そんなことは、貴族側だってわかっている常識のはずだ。

慌てて自分の手を引き抜き、なにやら不安な気持ちにさせられる好意に満ちた彼の視線から身を護るように身体を捩る。

「あの、ちょっと、おかしいですよね? 貴族の方が平民の護衛とか、用心棒とか、聞いたこともないし、そんな恐れ多いこと受け入れられません!」

そもそも、貴族に酔っ払いから助けてもらったことだけでも異常だ。

反対ならわかる。平民の傭兵や用心棒が、貴族を護るために働くのはよくあることだ。

大きな商店でもあるまいし、街の小さな食堂でしかないアデリナの店は、そもそも護衛を雇うほどの金銭的な余裕もない。

「恐れ多くないよ。僕が決めたんだから」

「いえ、あの、そういう問題ではなく……！」

こちらの話をちゃんと聞いているのか、不安になるほどあっさり結論づけるディートハルトに、アデリナは頭が痛くなってきた。

そこへ双子の兄たちが助け船を出す。

「費用については問題ない。まだ正式に傭兵として仕事をしているわけでもない弟だ。無償で働かせたい」

「むしろ押しつけているようなものだから、迷惑料を払ったほうがいいのかもしれないな……」

「ああ、そうだな。とりあえず腕っぷしには問題はないが、よく食べる弟だ。食費は用意したほうがいいかもしれない」

「うん、すぐに用意しよう」

「あ、あの、ちょっと……!?」

助け船は彼らの弟のためのものだった。まったくアデリナの助けになっていない双子の会話に狼狽えた。

なぜかすでに決定事項のようになっている。これはまずい、とアデリナは助けを求めて従業員を振り返ったものの、関わり合いになりたくないというような顔でそっと視線を逸らされた。

みんなにも関係あることなのに！

憤りも感じたが、店主はアデリナだ。つまり決めるのはアデリナだった。

「躾は一応終わっている」

「何か問題があれば、すぐに家に連絡をくれればいい」

「愛想だけは良い弟だから、よほどの客でなければ接客をさせても大丈夫だ」

「安心してくれ」

まるで犬を預けるような言葉に、いったい何を安心しろというのか。

しかし結局、平民は貴族に逆らえない。

なにやら騙されているようにも感じるし、裏があるのだろうけれど、貴族からの申し出を断れるはずがなかった。

そんな事情で、アデリナの店「黒屋」には、貴族の護衛がつくことになった。


「ええと、ではディートハルト様……貴方はこちらの部屋を使ってください。狭くて申し訳ありませんが……」

　食堂の二階がアデリナの居住スペースだ。今空いている部屋は、父が使っていた部屋しかない。

　貴族の家がどうなっているのかは知らないが、この粗末な家より上等であることはわかりきっている。だというのに、なぜかディートハルトという青年はこの家に泊まり込むことを決めてしまった。

　結婚適齢期を過ぎているとはいえ、アデリナは女。そしてディートハルトは男だ。

　未婚の男女が同じ屋根の下で生活するのはいかがなものかと躊躇ったものの、護衛は常に護衛対象の傍に居なくてはならないという彼の言葉で押し切られ、同じ家で暮らすことになった。

　さすがにアデリナを心配して、カルも店に泊まろうか、と申し出てくれたものの、他に余分な部屋はない。まさか厨房で寝起きさせるわけにもいかず、とりあえず今日のところは帰ってもらった。

　従業員たちのいなくなった家に、自分以外の気配がある。

　それは父がいなくなってから、静かな家に慣れてしまっていたアデリナに懐かしい感覚を呼び覚まして、少し戸惑った。

「あ、その前に湯浴みをされますか？　小さいですけど、お湯を使える浴室があるんです。料理を出す者は常に清潔でいるようにと黒屋の初代が作ったもので……」

「一緒に入る？」

「――はい？」

「あと、僕に様なんてつけなくていいよ。アディと僕の仲なんだから」

いったいどんな仲になったのか。

彼の中ではどんな間柄に発展しているのかわからないが、少なくとも、今日が初対面の仲であることは確かなはずだ。失礼にならないようにと笑顔で接していたアデリナだが、そのままの表情で固まってしまう。

「いいえ、私はただの食堂の店主です。まさか貴族の方を呼び捨てになど……」

しろと言われても困る。しかしディートハルトも笑顔のまま引かなかった。

「駄目。アディに『ディートハルト様』なんて呼ばれると、すごく悲しい……」

その顔は本当に悲しみに暮れているようで、綺麗な黒い瞳から今にも透明な滴が零れるのでは、とアデリナが慌ててしまうほどだった。

「あっでも、あの……そんなことを言わないで……！」

いったいどうしたというのか。

ディートハルトが泣いてしまう、と思うだけでなぜだかアデリナは心が苦しくなった。自分は悪くないはずなのに罪悪感に駆られ、不安に陥ってしまう。

彼の頬に手を伸ばし、どうか泣かないでほしい、と見上げると、黒い瞳がまっすぐにアデリナを見つめてきた。

「僕を呼んで、アディ」

「……ディ、ディートハルト様……」

「やだ。ちゃんと呼んで……ディートでもいいよ？」

「う……っディート、様……っ」

「……アディの意地悪」

「……！」

意地悪だなんて、これまで言われたことがない。

しかも子どもが拗ねたときのような口調だ。誰が見ても大人の身体つきをした青年からそんなふうに言われたら違和感を覚えるはずなのに、彼が言うとしっくりくるようにも感じられて、アデリナを混乱させた。

その間にも、子どもが甘えるような仕草で完成された大人の身体が迫ってくる。

アデリナは父以外の男性にこれほど接近されたことはない。

だから緊張で震えているはずなのに、なぜか恐怖や不安とは違う気持ちの方が勝っている気がする。

「……アディ？」

いつの間にか、ディートハルトの手がアデリナの頬に触れていた。

アデリナのほうが彼の頬に手を伸ばしていたはずなのに、知らぬ間にアデリナを逃がさないとするかのように大きな手が頬を包んでいる。

「僕のアディ」

「――――ッディートハルト様！」

甘く聞こえたその声に、アデリナは反射的に手を突っ張り、広い肩を押し返した。

「えっと、お腹、お腹空いていませんか！　軽食をご用意いたしますから、その間に湯浴みをどうぞ！」

慌ててディートハルトから離れて、彼が何かを言う前に浴室へ押し込めたアデリナは、自分の顔が赤くなっていることに気がついていた。

しかしまずは、高鳴り過ぎて壊れてしまいそうな心臓をどうにかしなければと、二階のキッチンへと駆け込む。

「……っ……っ」

サンドイッチにしよう、と慣れた手つきで用意しながらも頭のどこかが興奮したままなのも感じていた。

私――こんなの、おかしいかもしれない。

胸が締めつけられるような激しい動悸は、病気になってしまったのではと思うくらいだ。

婚期を逃したアデリナは、人生をこの食堂に賭けようと思っていたはずだ。

それでも、理想の相手を妄想しないというわけでもない。優しくて背が高くて逞しくて――そう、以前、従兄に絡まれていた自分を大きな背中で護ってくれた人のような、思春期の女の子が憧れを抱く「王子様」を理想としていたが、そのすべてが揃った人物が目の前に現れたのだ。

　こんなの、駄目！

　そもそも身分差を考えれば、ふたりの関係がどうにかなるはずもない。一瞬、期待を抱いたことすらおこがましくて強く胸の中に押し込める。

　しかし不意に、あの綺麗な顔が思考を遮る。

　私、どうしたんだろう……やっぱり、こんな店に護衛なんて、貴族の人と一緒にいるなんて、無理かも——

　明日にはどうにかして帰ってもらおうと説得の言葉を考えるが、なかなか頭の中からディートハルトの顔が消えない。

「あんな、若くて格好いいひとが……」

　若い人。

　アデリナは自分の呟いた言葉を繰り返し、ふと我に返った。

　そうだ。ディートハルトは成人したばかりだ。

　年下だ！

　アデリナはさっきとは違う意味で顔を赤くして、キッチンの床に座り込んだ。そのままどこかに埋もれてしまいたくなる。

　六つも下なんて、考えられない——

　たとえ妄想であっても、そんな年下の子とどうにかなるなどあり得ない。なんておこがましいのだろう。

　残酷な現実がそこにあった。

「そういえば、末っ子だって、あのお兄さんたちが言ってたかも……」

　あの口調は甘やかされた結果なのかしら、とアデリナはようやく落ち着きを取り戻して立ち上がり、食事の続きを作り始めた。

　さっき、アデリナの頬に触れたのも、子どもが親に甘えるような感覚だったのかもしれない。身体が先に成長してしまったけれど、まだ精神的に子どもなのだろうと思えば、納得してしまう。さっきドキドキしたのも、心と身体の差があまりに大きくて驚いただけだ、とアデリナは心を鎮める。

　けれどアデリナは心のどこかで残念に思っている自分がいるのにも気づいて、深く溜め息を吐いた。

＊＊＊

　ディートハルトは用意された食事がひとり分であることに少なからず落胆した。

　容赦なく浴室に押し込められたので、しぶしぶひとりで身体を洗ったが、本当はあの柔らかそうな彼女の身体をじっくりしっかり洗いたかった。

　とても気持ちいいに違いない。どこに触れればアデリナが気持ちいいのかも探れたはずだ。

明日は何としても一緒に入りたい、と考えていたところで、アデリナに「部屋に食事があります」と声をかけられた。しばらくしてディートハルトが浴室を出ると、彼女は入れ替わるようにして素早く浴室に入った。

鍵をかけられた。そこにまた不満を感じながら、与えられた部屋に入り、室内を見渡す。

使っていない部屋なのか、ひとり用の寝台と机があるだけだ。その机の上に置かれたサンドイッチは、野菜とチキンの燻製（くんせい）が挟んであってとても美味しかった。口直しに置かれた飲み物もさっぱりとした果実酒で、ディートハルトの胃はとても満たされた。

可愛いのに、料理も上手なんて。

さすがアデリナだとディートハルトは嬉しくなった。

そうしているうちに、アデリナが浴室から出て部屋に向かう気配がした。

誰がどこにいるのかすぐにわかる広さは、ディートハルトには都合が良かった。

アデリナの部屋はこの隣のようだ。

ディートハルトはすぐさま立ち上がり部屋を出ると、自室の扉を閉める直前のアデリナに声をかける。

「アディ」

「……ディートハルト様？」

彼女が困惑しているうちに素早く部屋に入り込み、扉を閉める。

アデリナは湯上がりらしくまだ髪も濡れていて、さっきよりも色気があった。

寛ぎやすそうなワンピース一枚だけの姿はディートハルトの欲望をさらに駆り立てる。胸の膨らみはさっきよりも大きくなっている気がする。腰を締めつけないその夜着は動くたびに身体の膨らみに合わせて形が変わり、とても扇情的だ。

「どうされたんですか？」

問いかけながらも、今の自分の格好に少し慌てて身体を隠すアデリナも可愛い。

背中まである茶色の髪は、水に濡れてさらに濃く見える。慣れた手つきで編み込んでひとつにしてしまうところを見ると、いつもそうして寝ているのかもしれない。

首筋に咬みついてみたい。

このまま勢いでのしかかりたくなったが、それだとアデリナが泣いてしまう気がした。それに兄たちからうんざりするほど「順序よく」と言われたので、一応それを守らねばとも思う。

ディートハルトには不満でしかなかったが、こちらのことについては兄たちのほうが経験値が高いのは確かだ。

性急に事を進めず、ゆっくりと近づいてアデリナの警戒心を解き、いつものように甘えればいい、と双子の兄は同じ顔をして真剣に教えてくれた。

甘えるのは簡単だし、アデリナの警戒心は身分差から生まれているに違いないから、そんなことは気にしないようにしてやればいい。

　そもそもディートハルトは好きで貴族に生まれたわけでもない。

　兄弟の中でディートハルトだけは妾の子だから、厳密に言えば正しい貴族でもないはずだ。だから、それが拒否の理由なら、ディートハルトは納得できない。違う部屋で寝ようとするなんて許せるはずがないのだ。

「ディートハルト様……？」

「様なんてつけないでって言ったのに……アディは本当に意地悪だ」

「いじ……っ意地悪で、言っているわけではないんですよ!?」

「この家にふたりしかいないのに……どうして一緒にいてくれないんだ？」

「……はっ!?」

「僕はアディの護衛なんだから、何かあったときに傍にいないと駄目でしょ」

　だから、と寝台のほうへじりじりと追いつめて、そのまま座らせる。ディートハルトが横に座って初めてアデリナは状況を理解したように顔を真っ赤にした。

　視線が彷徨（さまよ）い、ディートハルトをまったく見てくれない。

　肩を抱き寄せて顔を覗き込むと、あからさまに避けられてしまった。

「ディ、ディートハルト様は！　成人されたんですよね!?　でもまだ十八なんですよね!?」

「うん。そうだよ」

　だから何かをするときに保護者の許可など要らない立場だというのに、アデリナは精いっぱいの力でディートハルトの身体を押し返そうと頑張っている。

「私はもう二十四で、年上なんですが！」

「あ、アディ年上だったの？」

「そ、そうです……」

ディートハルトとしてはアデリナの年齢など関係なかったが、彼女がどことなく落ち込んで見えるのは気のせいだろうか。

「で、ですけど……でしたら、誰かが添い寝しないと眠れないお年でもないでしょうし、あの、隣の部屋は確かに狭いですけど、私の部屋のほうが狭いですから……」

「あ、じゃあ一緒に向こうへ行く？」

「そうではなく！」

「なんでそんなこと言うんだ、アディ？」

顔を真っ赤にしながらディートハルトに言い聞かせようとしているアデリナを、それはそれで可愛いと堪能するが、ディートハルトが求めているのは離れて寝ることではないから、彼女の希望は叶えてあげられない。

アデリナの抵抗などものともせず、ディートハルトは彼女を腕に抱いてそのまま寝台に倒れ込んだ。アデリナを下にすると、ちょうど柔らかな膨らみの上に顔が当たる。

なんて柔らかいんだろう。

至福を感じて、ディートハルトは思わず顔をぐりぐりとそこへ押しつけた。

「あっや！　ディートハルト、様っ!?」

「んー……柔らかいね、アディ」

「あ、あ、そう、じゃなく、て！」

「じゃあなに？　なにが駄目？」

「だから……っ」

　胸から顔を上げると、首元まで赤くしたアデリナがいる。

　抵抗するには彼女は力が足りない。彼女の手は結果としてディートハルトの肩に縋りつくだけになっていた。

　逃がしたくなくて、背中に回した手をゆっくりと動かし、夜着の上から撫で上げる。

　幼いころ、兄たちに同じようにして宥められたのを思い出したけれど、アデリナの背中は夜着の下に何も着ていないことを伝えてくるので、とても落ち着くことなどできない。

もちろんディートハルトのほうがだ。

「ディートハルト様っ」

「……アディは、ひどい」

「……えっ」

　不満を隠さずむくれると、いったい何のことだとアデリナが目を丸くする。

「様付けしないでって言ってるのに呼び方変えてくれないし、護衛は一緒にいることが大事なのに離れようとするし。僕のことを全然考えてくれてない」

「そ、そんな――……」

「僕は、本当にアディを護りたいんだ。今日みたいな客からも、他のことからも、アディの嫌なことや悲しいことから、全部。アディを護っていたい。アディのことだけ考えていたい」

「……そんな、こと、ディートハルト様……」

「なのにアディは、僕のことなんて嫌いって言う？　あっちへ行けって思う？」

悲しい顔でアデリナを見つめると、彼女は大袈裟なほどに狼狽え、戸惑っていた。

ディートハルトの気持ちを知り、拒絶するのを躊躇っているのだろう。

もう少し、とディートハルトは身体を起こし、アデリナの顔の両側に腕をついて覆いかぶさった。

「僕を追い出す？」

真上から見下ろされたことで、アデリナは完全に硬直したようだったけれど、ディートハルトがそのまま動かずにいると困惑顔は思案顔になり、やがてその小さな唇が躊躇いがちに開いた。

「その……そんなことは、私には……」

「追い出さない？」

「追い出すなんて、そんなことは」

「一緒にいてくれる？」

「……あの、私……ここに、ですか？」

「アディの傍がいい」

「…………」

頬がもう一度赤く染まり、何度も胸が大きく上下する。しばらくして、アデリナの唇から小さく「はい」という声が聞こえた。

「やった！　アディ大好き」

「えっん――!?」

その一言が、どれほど嬉しいのか伝えたくて、ディートハルトは小さな口を塞ぐように唇を重ねた。

軽く吸い上げて、舐めとる。

それだけで満足できるはずもなかったけれど、兄たちからの「順序よく」という言葉を思い出し、照れ笑いをして唇を解放した。

「えへへ、もう寝る？」

「ね、えっあ、ええ!?」

動揺するアデリナを布団の中へ入れ、常夜灯の小さな明かりだけを残してディートハルトは同じ寝台に潜り込んだ。

「あ、あのっディートハルト様……っ」

「おやすみアディ」

柔らかな身体をぎゅうっと抱きしめて目を閉じると、そういえばまだ「様」を付けられたままだったと思い出したけれど、それは次の機会でもいいか、と思い直す。

まだこれから時間はたくさんあるのだから、とディートハルトはとても幸せな気持ちで眠りについた。

腕の中で身を固くしたままのアデリナが疲れ果てて眠るまで、腕は決して放さなかった。

＊＊＊

いったいどうしてこんなことになったのか。

アデリナは改めて溜め息を吐きたくなる。

今日から正式に、ディートハルトという貴族の青年が一緒に働くことになった。

仕事内容は、「黒屋」の護衛だ。護衛とは大袈裟にも感じるので、簡潔に言うなら用心棒だ。ディートハルトの身分からすればそれがどれほどおかしいことなのか、アデリナが一番よくわかっている。

「でも、確かに嫌がらせはひどくなるばかりだし……ちょっと不思議な人みたいだけど、強い人がいると助かるのも事実だし」

そう言ってすでにディートハルトを受け入れているのは料理人のカルだ。

昼食の仕込みがあるため従業員の中で一番に出勤するカルだが、一晩の間に彼を受け入れることを決めてしまったらしい。

確かに、理由のわからない嫌がらせはアデリナの手には負えなくなりそうだった。この店には家族とも思う大事な従業員たちがいる。彼らをこれ以上危ない目に遭わせるわけにもいかないから、護ってくれる人がいることはありがたい。

そうは思うけれど——

昨夜からあまりにも急展開過ぎて、アデリナの気持ちはまったく追いついていない。

アデリナは彼よりも六つも年上だというのに、ディートハルトはまったく気にしていないようだ。末っ子だから、年上に甘えているようなものだろうかとも考えたが、姉に、あんな口づけをするだろうか。

不意に昨夜の一瞬を思い出してまた顔が熱くなる。煮込み中のスープを覗き込んでいるからに違いない、と思い込むけれどどうまくいかない。

昨日の、抵抗することも諦めて眠ってしまった自分の図太さに呆れていたせいもあるし、昨日のことが夢だったのでは、と思うことも許されないほどはっきりとディートハルトの腕の中で目が覚めたせいでもある。さらに夜着の胸元がはだけて、その中にディートハルトの顔があったことに声もなく悲鳴を上げたのも事実だ。

ディートハルトは寝ぼけていたようだけれど、誰かに直接肌に触れられることなど、ましてや顔を押しつけられることなど、想像もしていなかったアデリナには刺激が強過ぎた。

いつもは柔らかな胸の先がどうしてか硬くなっていた気がしたけれど、それをディートハルトに気づかれないようにするので必死だった。

寝ぼけ眼のまま「おはよう」と笑う彼の顔は優しいもので、さらにアデリナの胸を高鳴らせ頭を混乱させた。

けれどこんなにもアデリナの心を振り回した張本人は平然としたもので、早朝の見回りだと言って、ふらっと店を出て行ってしまった。

年下のくせに！

憤りをぶつけるように心の中で怒鳴ってみても、むなしくなるだけだ。

いったいディートハルトはどうしたいのだろう——

アデリナがこの店の名物でもある黒シチューの用意を始めたころ、その本人は帰って来た。

「ただいまアディ。いい匂いがするね」

「……おかえりなさい。これができあがったら朝食にしましょう。それから店を開ける準備にはいるから」

「アディのご飯、美味しいよねぇ」

ディートハルトに対する敬語が抜けたのは今朝のことだ。

自分は子爵家でも妾の子だから、正式な貴族ではない、だから敬語で話されると悲しい、とこちらが苦しくなるような顔をされては、アデリナが折れるしかなかった。

くだけた言葉づかいを喜ぶディートハルトは、確かにアデリナたちが知る貴族とは違う気がした。その態度のおかげでアデリナも気持ちに踏ん切りがつけやすかったのも事実だ。

戻って来たディートハルトはその手に似合わない小さな花を持っていた。

「はい、アディ」

「え？」

「どうぞ」

アデリナは一輪の花とディートハルトの顔を見比べて戸惑ったものの、その花を受け取る。そのあたりに咲いている、野の花だ。雑草と一緒にむしり取られて処分されることもある程度のその花は、アデリナの手にあっても小さなものだった。

「アディに」

「え……っあ、あの、ありがとうございます……」

躊躇いがちにお礼を言ったものの、半分以上意識は動揺していて、意味を考えることができたのは満足したように笑ったディートハルトを見てからだった。

花を贈られたのだ、と改めて気づいたアデリナは、胸が熱くなりそれが顔に伝わったように赤くなった。けれど年下の子だ、と今朝思ったばかりで、赤くなる自分はおかしいと不安定な気持ちを必死で落ち着かせようとする。

思えば、こんな花でも男性から何かを贈られたのは初めてだった。

動揺するのはそのせいだと思いこみ、朝からさわやかに笑うディートハルトを見ているとおかしくなったまま戻って来られない気がして、アデリナは近くにあったコップに花を生けるといつものようにカルと仕込みに集中した。毎日のことなので動きも決まっていて、お互いの作業を邪魔しないように動くのにも慣れている。

　そのふたりをどう見ていたのか、カウンター越しに厨房を覗いていたディートハルトが笑顔のままで、低い声を出す。

「アディ、いつもふたりなの？」

「え？　ああ……そうだけど」

　厨房は大人ふたりが作業するのがちょうど良いくらいの広さで、仕込みはほとんどカルに任せているが、この時間はアデリナが担当する黒シチューを作るのでふたりになる。

　それがどうしたのか、と首を傾げると、包丁を手にしていたカルが焦ったように叫んだ。

「いや俺別になんにも……ってかなに⁉」

　笑っているのにどこか冷気を発しているようなディートハルトと、青い顔で慌てるカルを、アデリナは眉根を寄せて見比べる。

「僕も手伝おうかな」

「え？　仕込みを？」

「僕、結構ナイフの扱いうまいんだよ」

　にこにことしたままディートハルトが厨房へ入ってくると、広くはない厨房がさらに狭く感じる。しかし、彼はどこから出したのか、小さなナイフをすでに手にしていて、やる気は充分のようだ。

　まだ青い顔をしているカルは身体の大きなディートハルトを避けるように隅に寄ってい

るし、ディートハルトは当然のようにアデリナの近くに寄ってくるので、仕方なくこれから切る予定の野菜を出す。

「えっと……じゃあ、あの、野菜の仕込みを手伝ってもらえる？」

「了解」

にこりと笑うディートハルトはもう冷気は纏(まと)っていない。

上機嫌で芋の皮をむき始めたディートハルトに、さっきの雰囲気はいったいなんだったのだろうかと、アデリナはまた首を傾げた。カルも、顔色は悪いままではあったが作業を再開したので、アデリナも目の前の鍋に集中した。

黒シチューは「黒屋」の看板メニューでもあるため、少しの失敗もあってはならない。

真剣に鍋と睨めっこしていると、いつの間にか時間は経ち、気づけばカルのほうの準備は終わっていて、ディートハルトも大量の野菜の皮むきを終えていた。黒シチューもできあがったので、野菜のスープに白パンを添えて朝食にすると、ディートハルトは予想していた三倍の量を食べた。そういえば食費を出すと彼の兄が言っていた気がする。

驚いたけれど、気持ちいいほどの食べっぷりに嬉しくなる。

細身のカルも、ディートハルトにつられるようにいつもよりたくさん食べていたから、良いことかもしれない。

そのうちに陽は高くなり、表の通りに人影も増えてきて開店の時間が迫る。

ヘルガとメル、それにルゼが仲良く一緒に出勤したところで、最後の準備に食台などを整えた。

　その途中、ディートハルトをちらりと見たヘルガが、アデリナに近づきにやりと笑う。

「昨日、どうだったの？」

「はっ!?」

　この中で唯一の既婚者であるヘルガは人生の先輩でもある。まさに、にやりとしか表現できない顔で笑われて、彼女が何を訊きたいのかアデリナにも察せられた。

　思わず顔を赤くしてしまい、狼狽える。これでは何かがありました、と白状してしまっているようなものだとわかっているが、平然と答えられるほど、この手の質問にアデリナは慣れていない。

「ど、どう、って、別になにも……」

「何も？　あんなにもあなたの理想にぴったりな人と一緒だったのに？」

　もったいない、と半ば呆れたようにからかう彼女は、何かがあったこともきっとわかっているのだろう。そして誰にも言ったことのないアデリナの理想の人物像を知っているようで、さらに動揺する。アデリナは小さなコップに生けた花をちらりと見ながら言葉を探す。

「な、なんで、別に、ディート様は、そんな……」

「ディート様って、そんなふうに呼ぶようになったのね？」

　一晩で、と隠された言葉にアデリナはさらに顔が熱くなるのを止められなかった。

　けれどそれから、ヘルガは優しい笑みに戻る。

「ふふ、子どものころからずっと見てるのよ。アデリナのこと、わからないはずないじゃない」

「……ヘルガ」

この人は、本当に私の姉みたいな存在だ。

アデリナが改めて思うと、温かなものが胸に湧き上がる。

「アディ？」

「っきゃあ!?」

穏やかに話していたはずなのに、突然背中に大きなものが被さってきて、アデリナは悲鳴を上げてしまった。

こんなことをするのは、ひとりしかいない。

「ディート様！　なんですか!?」

「僕のことを放っておかないでよ」

無邪気に笑う彼にアデリナは苛立ちすら感じて睨みつける。

「そん、そんなこと――」

「ディートハルト様、今朝は何をされていたんですか？　護衛の仕事ってどんなことをするのか興味があって……」

狼狽えるアデリナに助け船を出してくれたヘルガにほっとする。でもそういえば、彼がどんなことをしていたのかアデリナも気になった。

ディートハルトはあっさりと答える。

「今朝？　起きて店の周囲の見回りをして……ゴミを片づけたくらいかな？」

「えっ」

店に戻って来たとき何も言っていなかったので、ただぶらっと見回り、そのついでに花を摘んでくれただけなのだろうと思っていたのに、掃除までしてくれていたのか。

「あの、そんなことしてもらわなくてもいいのに。ディート様に掃除なんて……」

「気にしないで。僕、結構ゴミを片づけるの得意なんだよ」

にこやかに笑われても、アデリナの気持ちが晴れるわけがない。

「明日は、私が……」

「駄目。アディは朝の仕込みがあるでしょ。外は僕に任せてくれればいいんだ」

笑顔でありながら反論させるつもりのない強い眼差しで言い切られ、アデリナのほうが気おされる。

「いい？　僕はアディの護衛なんだ。外に出るときは僕と一緒じゃないと駄目だよ」

「え……っと？」

その通りではあるのだが、貴族に護衛してもらうことにまだ納得しきれていないアデリナは戸惑う。けれど、笑顔のディートハルトは押しが強かった。

「ね？」

「えっと……はい」

強引に頷かされたところで、いい子、とばかりにディートハルトがアデリナの頭を撫でる。

まるで子どもにするようだ、と頬が熱くなったが、恥ずかしさよりもどこか嬉しい気持ちのほうが大きくて、そんなことを感じたことがまた恥ずかしくなり、アデリナはさらに顔を赤く染めてしまったのだった。

＊＊＊

朝、ディートハルトが目を覚ますと、至福の温もりが腕にあった。

ディートハルトは永遠にこの感触に浸っていたくて昨夜と同じように胸に顔を埋めた。

おもむろに胸元の紐を解けば、視界に現れた胸の谷間に口の端が上がる。くすくすと笑い声を漏らしながら、白い肌に口づける。

「……ん」

軽く身じろぎしたアデリナに、起こしてしまったか、と思ったが、起きてもやめようとは思わなかった。そのまま何度も啄むように胸の上に唇を這わせ、それだけでは足りなくなって手を伸ばす。

柔らかい胸に指が埋まる。

形が変わることが楽しくてしばらく揉み続けたが、アデリナが起きる気配はない。それに気分が良くなって、ディートハルトは胸元の紐をもっと解いて柔らかな胸の先まで露わにした。薄く色づいた先端に、堪らずしゃぶりつく。

「んっ」

さすがに反応するだろう、と思ったが、まだ夢から覚めていないようだ。

ディートハルトはそのままアデリナが目を覚ますまで、昨夜満たされなかった欲求を発散させるように執拗に胸を攻め続けた。

そうしてアデリナが目を覚ますころ、紐を少しだけ直し、一緒に目が覚めたように装う。

寝台の上で恥ずかしそうに顔を染めるアデリナを見たのは、きっとディートハルトが初めてだろう。

初めてでなければ許さない。

とはいえ、ディートハルトは女性をまったく知らないわけではない。

けれど、アデリナを腕に抱いて初めて女性の柔らかさを実感した。

実際のところ、初めて相手にした女性は傭兵たちに紹介された娼婦だ。傭兵でも買える値の娼婦のほとんどは、食うに困って身を売っている女性ばかりだった。つまり、肉付きも良くない。

王都に帰ってから兄たちにそう聞いたけれど、もうそんなことはどうでも良かった。彼女らは気持ちいいことを教えてくれたが、アデリナを抱きしめたときほどの幸福感はない。

アデリナのあどけない寝顔は、年上とは思えないくらいに可愛い。

ディートハルトの嫌いな香水の匂いなどしないし、料理をするからか人一倍清潔感がある。常に笑顔で仕事をしているが、その笑みに裏はない。

彼女の何がこんなにも自分を惹きつけるのか、ディートハルトは不思議だった。ただ本能が、この手を放してはならないと叫んでいるのを感じる。旅に出る前に一度見ただけの存在だが、あのときどうして離れることができたのか不思議なくらい、ディートハルトはアデリナに夢中だった。

だから理由は後で考えればいい。ディートハルトはアデリナを護り、自分のものにすることを決めた。この権利を誰にも譲るつもりはない。

朝の準備があるから、と慌てて用意をして出て行ったアデリナが厨房へ向かうのを見送って、ディートハルトは店の外へ足を向けた。

昨日の夜、酔っ払いを追いつめた路地から店の裏手に回ると、明らかに動きの怪しい人影がある。そこには厨房から外へ出る扉もあって、近くには飲み物や食材が置かれていた。おそらく、これからアデリナたちが中へ入れるものなのだろう。

そこへ屈みこむようにしている影にディートハルトは音もなく近づくと、後ろ襟(えり)を掴んで声を上げさせないように手で口を覆った。

「……っ!?」

相手はひょろりとした男で、力は見た目通りだった。多少暴れたところでディートハルトに敵うはずがない。

「ん……っぐ、うっ」

「静かにしてよ。僕は本当に、汚い男を摑みたいわけじゃないんだからさ」

そのまま人気(ひとけ)のない狭い路地へと進み、完全に人目の届かない場所で、ディートハルトは男を地面に放り投げた。

「で？　君はあそこで何をしてたんだ？」

「な、なに、も、してない……っ」

「ははは、そういう嘘をつかれると僕、すごく面白くなくなっちゃうんだよね。楽しくするためにいろいろしちゃうかも？」

「――ひっ」

ディートハルトが笑顔で言う「楽しいこと」が、男にとって楽しくないことであると察したのか、青ざめた顔でディートハルトを見上げ、震え出した。

もう一度、ディートハルトは訊いた。

「何をしてたって？」

「酒を……っ酒に、ちょっと、これを入れるように、頼まれてっ本当だ、頼まれただけなんだ！」

これを、と震える手で差し出されたのは白い包み紙だった。

ディートハルトは躊躇いなくそれを開き、中の粉の匂いを嗅いでほんの少し舐める。途(と)端(たん)、彼は笑みを深くした。

「これが何か、わかってる？」

その質問に全力で首を横に振る男は、本当に知らないのかもしれない。しかし「黒屋」に嫌がらせをしようとしていたことは確かだ。

ツァイラー家で育てられたディートハルトは、一通りの毒物や薬を判別できるように幼いころから教え込まれている。この粉は、耐性のない者が匙一杯分でも口に入れてしまうと、味がわからなくなり、すべて飲めば突然発狂したように暴れ始めるものだ。

これひとつで店の信用を失わせる効果があるが、この毒は、見るからに平民であるこの男が手に入れられるようなものではない。つまり誰かから与えられたのだ。そしてその誰かは、貴族階級の人物か、裕福な者に限られる。

「誰から頼まれた？」

頼まれたことは確かなのだろうが、その相手を言わなければ意味がない。

怯えたままの男は、さらに恐怖を覚えたように硬直した。

「し、知らないっ……金をもらったときも、覆面をしていたし……っただ、貴族だろうって思ったくらいで」

「貴族？」

「そ、そうだ、だって覆面のマントは黒かったが、その下の服は綺麗なモンだったたし」

「へぇ」

「そ、それだけだ！　本当に、それ以上は、知らない……っ」

「そう、残念だね」

息を呑んだようなその声は、男の最後の声だった。

「――ひ、っ」

ディートハルトは誰にも見えないような速さでナイフを仕舞い、もうここには用はないと背を向けた。もう一度店の周囲を回り、路傍に揺れていた小さな花に目をとめる。そういえば「贈りものも女性には効果的だぞ」と兄たちに言われていたことを思い出し、ちょうどいいとひとつ摘む。小さな赤い花は、アデリナの髪に映える気がした。気分良くなったまま、裏の出入口に異常がないことを確かめて、中に戻る。

アデリナに花を渡してから、こんな貧相な花では駄目だったかも、と思ったが、アデリナは驚いたものの喜んでいることがディートハルトにも伝わった。

以前に貴族の子女相手に、お愛想でも物を贈れ、と兄たちに言われて同じものをその場にいた子女へ贈る手配をした。その後の相手の反応などどうでも良かったが、アデリナの戸惑いながらも嬉しそうに頬を染める様子はディートハルトの心を同じように熱くさせる。

また贈ろう、と決意していると、狭い厨房にふたりきりで支度をしているアデリナとカルの姿が目に入り、面白くない気持ちになった。アデリナは気づいていないようだったけれど、ディートハルトの苛立ちはカルという少年には伝わったようだ。

だからひとまず放っておいて、真剣に調理に打ち込むアデリナを見ていた。そうすると、やがて心が晴れた。

昨日兄と調べただけでも、この「黒屋」には悪質な営業妨害が続いているのがわかった。

近隣の店や住人は「黒屋」に好意的だ。だからこそ、店で起こる騒ぎも、悪意ある嫌がらせだと、とても心配しているようだった。

昨日は運よくディートハルトがいたからよかったが、自分がいなかったらアデリナはどうなっていたのか。そう思うだけで心がざわめき、暗い想いが湧き上がる。

だからアデリナに護衛を申し出たのは当然であり、ディートハルト以外の誰かにやらせるつもりもない。きっと今日にでも、双子の兄たちが長兄のエックハルトや父のレオンハルトに伝えてくれていることだろう。

ディートハルトが何をしたいのか。

何を見つけたのか。

そして兄や父の思い通りには生きられないだろうこと、それをもう決めてしまったことも。

これまで甘やかして育ててくれた恩を忘れたわけではないけれど、ディートハルトはもうアデリナから離れたくなかった。

この先どんな輩(やから)が現れようとも、ディートハルトはアデリナを護りきるだろうし、近いうちにあの柔らかい身体を隅々まで味わうだろう。

それを想像するだけで楽しくなる。

ディートハルトは、いつもと変わらない「黒屋」の賑わいを見ながら、この店とアデリナに降りかかるすべての悪意を振り払うのだと、改めて心に決めた。

まずは賑やかなフロアに出て、客たちにも自分の存在を教えてやるつもりだった。

――アディは、もう僕のものだから、と。

ディートハルトは忙しく店内を動きまわるアデリナににこりと微笑んだ。

＊＊＊

「失敗しただと?」

王都の東端にある貴族の屋敷で、その家の主人が苦々しい声を出した。機嫌の悪さを隠そうともしない顔で、同じ部屋で平伏する男を睨む。

睨まれた男はびくり、と身体を揺らしたものの、床に膝をついたまま それ以上動かなかった。

「は……貴重な薬を、いただいたのですが、命じた者がどうやら強盗に襲われたようで」

「……それはつまり、あの薬も奪われたと言うのか?」

「――申し訳ありません」

床に額を擦りつけるように頭を下げるその男の格好は、平民そのものだ。

貴族屋敷にいることもおかしいが、当人と話しているのだから、顔見知り以上の関係にあることは確かだ。

「あれがどんなに貴重なものか、下賤の者にはわからないか」

「……それは、重々、承知しておりましたが……」

「知っていながら強盗に襲われるような者に命じたというのだから、所詮お前の頭が悪いのだ。そんなことだからお前の店は寂れていく一方なのだろう」

「そんな……そんな、ことは」

男は俯いたまま言い訳のような言葉を紡ぐものの、貴族には届いていない。

貴族はその様子を蔑んだように見下ろし、「もういい」とはっきり言い放った。

「お前のような者に任せていた私もぬる過ぎた。これからは私の手の者を使おう」

「……そ、それでは、貴方様が、すべて……？」

「すべてを人任せにするような考えだから、お前の店も潰れるのだ。少しは自分で考えてやってみろ！」

まるで迷い込んだ野良犬を追い払うように怒鳴られて、男はそれ以上余計な怒りを買う前にと、背中を丸めて逃げ出した。

しかし屋敷の門を出てすぐ、男は不満げな表情で出て来たばかりの屋敷を睨み、また呟く。

「俺だっていろいろと……そもそも、俺の言うことをきかないあの女が悪いんだ」

ぶつぶつと恨み言を呟きながら、男は屋敷を去っていった。自分を馬鹿にしたヤツを見返してやるのだ、と決意して。

三章

「黒屋」の料理に変な薬を仕込もうとした男の件を、ディートハルトはその日の昼前に双子の兄たちに伝えた。

　どうしてもっと早く連絡しなかった、と怒る兄たちだったが、連絡する方法を決めていなかったことに遅ればせながら気づいたようで、これからは伝令役を誰かに頼むことを決めて、兄たちはすぐ路地裏に放置していた男の処理に取りかかった。

　冷たくなった男は、強盗に襲われたということにするらしい。

「これはエックハルト兄さんにちゃんと報告するからな……」

　護衛一日目にしてこんなに兄たちを働かせて、と睨まれるが、ディートハルトにはなんてことはない。それに、長兄に知られるのは好都合だった。

「じゃあ、ちゃんと護衛できてるって報告もしておいてよ」

「どこがだ！」

「お前の頭はいったいどう働いてるんだ⁉」

　驚き、というより呆れと怒りを込めて言い返されて、今度はディートハルトのほうが顔を顰めた。

　ちゃんとアデリナを護ったのに、怒られるなんておかしい。

「その男は何も知らなかったから、用がなくなったんだ。それに、アディの店にちょっかいをかけたことは万死に値するし」

「——用がなくなった、ではない」

「そういう場合は、用を作るんだ……」

頭を抱えながら溜め息を吐かれ、ディートハルトは首を傾げた。

双子の兄が言いたいのは、その男は成功したら報酬をもらうために依頼者にもう一度接触するだろうから、うまく泳がせるか脅すなどして、そこを突き止めるべきだった、ということらしい。なるほど、とディートハルトは頷いた。

「さすが兄さんたちだ。次からは気をつける」

「次からって……」

「お前の辞書に反省という言葉を書き加えたいよ」

必要なときには反省もちゃんとしている。

ディートハルトはそう思いながら、改めて双子の兄たちに顔を寄せた。

今の三人の会話は誰にも聞かれないように店から少し離れたところでしていた。もちろん店の様子が視界に入る場所だ。

「それより……どうやらアディは、貴族に狙われているようなんだ」

「それは……本当か？」

「うん。今朝の男から回収した薬は、ザカリーの根だよ。少なくとも、平民が手に入れられるものじゃない」

ザカリーの根というのが、薬の呼び名だった。

ザカリーという薬草の根を煎じ、他の薬草もいくつか混ぜてできあがる薬だが、まずザカリーという薬草が平民の手に入る安価なものではない。薬草ではあるが毒にもなる草で、北方の国境付近でしか見つからないのだ。

薬と花は、昂った気持ちを落ち着かせるのに効果的で、振る舞いを気にする貴族階級の者たちがよく利用するものだったが、その根はまったく反対の作用を引き起こす。

ディートハルトは「黒屋」の中でいつものように動きまわるアデリナを見つめた。

客を相手に笑顔を振りまく姿は昨日と変わらない。

ザカリーの根は心を狂わすだけでなく、その服毒量によっては命も簡単に落とす。

あれをもし、アデリナが口にしていたらと思うだけで、どす黒い気持ちが胸に湧き上がった。

ああ、もっと切り刻んでおけばよかった――

ディートハルトは自分の甘さに舌打ちしたくなる。

「ディートハルト、落ち着け」

「そんな顔のまま、アデリナの前に立つなよ」

不穏な空気を察知したのか、双子の兄が諫めてくるが、そんなことは言われなくてもわかっている。

アデリナは甘い。そして優しい。ディートハルトのことを弟のように思っているからかもしれない。

甘えてみせると、思ったように優しくなるのだからディートハルトがそれを利用しない手はない。この作戦がうまくいっている限り、彼女が怒りを見せることなどないはずだ。

「いいか、ちゃんと気をつけるんだぞ」

「お前がこの店の護衛を続けることは、エックハルト兄さんも父さんも一応認めてくれている。お前のしたいことをさせてやりたいと言ってくれているんだ。ふたりの顔を潰すんじゃないぞ」

「うん。わかってる」

「本当に、わかってるのか……」

「わかってるよ。絶対に、アディを護って手に入れるから」

「……最後の言葉にすごく不安になるのは俺だけか？」

「安心しろ、俺もだ」

「まったく安心できない同意をありがとう」

「ともかく、俺たちのほうでも調べてみよう。相手が貴族となると、アデリナたちではどうしようもないだろうからな」

「うん。僕も絶対に、アディに他の男は近づけないよ」

それだけは誓える。

　ディートハルトは店内のアデリナをまっすぐ見つめながら、断言した。

　双子は呆れた顔でお互いの視線を合わせる。

「……大事な人ができたことを喜んでやるべきか」

「自分のやりたいことを見つけたと、喜んでやるべきか」

　そう言いながら、顔はまったく喜んでいるようには見えない。

「まぁ、一応は進歩しているんだろう」

「そうだな、人のために動けるようになったんだから」

　双子の兄たちの会話を話半分に聞きながら、ディートハルトはまだ店の中に視線を向けている。アデリナだけを追っているが狭い店内なので他の人間も自然と目に入る。そこでふと気づいたように呟いた。

「……そういえば、この黒屋の従業員ってみんな若いよね？　アディも食堂の店主にしては若いな」

　ディートハルトより年上なのは、アデリナ以外では給仕をしているヘルガという女性だけだ。

　料理人のカルも未成年であり、本来なら親に護られるべき立場のはずだ。夜には酒も出す食堂の店主なら、もう少し年上か、他に経営者がいてもおかしくない。

　双子の兄は今更か、というように呆れた。

「前の店主は、一年ほど前に亡くなったんだ。路地で倒れていたのを通りかかった住人が発見したらしい」

「亡くなった？」

「そうだ。それがアデリナの父だ。明らかに他殺だったから犯人を捜すのに兵士も捜査に当たったはずだ」

「だが結局、犯人はまだ捕まっていない。通り魔の犯行だろうということで、陽が落ちてからのひとり歩きは特に注意するようになったはずだ」

父を亡くし、残された者たちでこの店をやっていくには、かなりの苦労があっただろうとディートハルトでもわかる。

彼女は今、笑っている。しかしこの笑顔になる前に、泣いて悲しんだ時があるはずだ。感情豊かなアデリナを見ていると、想像するのは容易い。それを乗り越えての、今の笑顔なのだと思うと、ディートハルトは強く胸が締め付けられた。

この笑みを、曇らせることは絶対にすまいと決意した。

＊＊＊

アデリナは何事もなく昼の時間が過ぎたことにほっと胸を撫で下ろした。

昨日のような酔っ払いの客は、基本的に夜にやってくる。それでも、理由のわからない嫌がらせが続いているせいで、常に緊張を強いられていた。

だがこの気疲れは、嫌がらせを警戒していただけでないことは、アデリナにもよくわかっている。

開店後しばらくの間、どこかへ行っていたディートハルトは、またふらりと戻ってくると、客たちに紛れてカウンターの端に座り、何が楽しいのかアデリナを見つめ続けていたからだ。

何かあったのだろうか、と途中で訊いてみても、「護衛として見てるだけ」と笑顔で返されて何も言えなくなる。

確かに、昼間の客は肉体労働者が大半だ。だから、誰かが護ってくれていると感じられるだけでも安心できた。しかし、その視線がなんだか背中がもぞもぞするようなものに思えて、アデリナは落ち着かない気持ちにもなっていた。

そんな時間も一段落して、ようやく休憩に入る。

「黒屋」では昼と夜の間に一度店を閉めて、従業員たちの昼食と休憩時間をとる。そして夜のための仕込みもする。

皆で食べる賄い(まかない)はいつも美味しい。

平民の食べる、しかも食堂の賄いであっても美味しそうに食べるディートハルトにまた驚くが、朝と同じように気持ちいいくらい食べ尽くす姿に思わず微笑んだ。

「美味しい。アディは本当に、料理が上手だね」

「あ……あり、がとう」

しかし、真正面から褒められると、少しくすぐったい。

料理は仕事だから美味しくて当然だ。そうわかっているつもりでも、ディートハルトに言われるとなぜだか心がふわふわと浮ついてしまう。

そんなアデリナをまた助けてくれるのがヘルガだ。彼の注意を逸らすように声をかける。

「ディートハルト様は、ずっと座っていらっしゃったけれど、退屈ではありませんか？」

貴族相手にも臆さず話すヘルガは、本当に頼りになるとアデリナは思った。

小柄なメルは、大柄で貴族でもある彼のことをまだ少し怖がっている。それよりさらに幼いルゼは、なぜか憧れの眼差しを向けるばかりで、直接声をかけることはない。

ヘルガの質問に、ディートハルトは楽しそうに目を細めた。

「ずっとアディを見てたから。飽きない」

「そ……っ」

見られていることはわかっていたが、そんなにもあっさり認められると顔が熱くなる。

この顔が悪いのか――

ディートハルトの容姿が自分の理想にぴったり過ぎるから、なかなか慣れないのかもしれないと思い、必死に心を落ち着かせようと胸を押さえる。

そのとき、「黒屋」の入口が唐突に開かれた。

「アデリナ、いるかい？」

休憩中の札を出しているが、入口に鍵をかけているわけではない。

急に現れた相手に、アデリナは驚きながらも席を立った。

「ベルノ叔父さん」

入ってきたのは、アデリナの叔父ベルノだった。父の三つ下の弟であり、王都の東通りに店を出している。他国へ料理修業に出ていた叔父は、六年ほど前に息子と帰って来て「黒屋」の二号店として店を始めた。父が亡くなってからは、店を継いだアデリナを心配してよく顔を見に来てくれる。

でもそういえば、しばらく来なかったような――

忙しかったのだろうと思いながら、アデリナはどこか父に似た風貌のベルノを見上げる。

「どうされたんですか？」

「お前が心配になってね。このところ顔を見せなかったから……大丈夫か？　手は足りているか？　必要なら、クルトをここへ来させてもいいんだ」

「そうだよ。俺も本家を手伝ってみたいんだから、遠慮することないんだぜ」

ベルノの後ろから、ひょっこりと顔を出したのは従兄のクルトだ。母親似なのか、ベルノと似たところはあまりない。

「ありがとうございます……でも、ここは大丈夫です」

何の問題もない、とアデリナははっきりと告げる。

この店は祖父から父、そしてアデリナへと引き継がれた食堂であり、後継者だけが調理法を知る黒シチューは、他の誰かに任せられない。

ベルノはまだアデリナを小さな子どもとでも思っているのか、食材の仕入れ先や、店内のことを細かく見て回ったり、従業員についても、従兄であるクルトに手伝わせてみてはどうかとたびたび勧めてくる。

アデリナはこれまで父に教えられたことはしっかりと受け継いでいるつもりだし、父がいなくなったからといって、客をがっかりさせたくない。そうなったら自分を情けなく思うだろう。

それもあって、心配してくれるベルノには新しい店主として気を抜いたところは見せたくなかった。やはり、アデリナには父の跡を継ぐのは無理だったと思われたくない。

それにアデリナはこの三つ年上の従兄が苦手だった。

初めて会ったのは叔父が帰国した六年前だったけれど、彼に対する苦手意識はそのころからすでにあった。何かにつけて身体に触れようとするし、見て回るだけの叔父とは違い、クルトは店のいろんなものにすぐ手を出そうとする。

当時はわからなかったが、最近になって苦手な理由がはっきりわかった。

ひょろりとした体型のクルトは、料理人のはずなのに、叔父の店で厨房にいたところを見たことがない。笑っているように細められた目は、アデリナをいつも上から下まで舐めるように見ていて、邪な感情を含んでいるように感じる。そのまま触れてこようとするのだから、アデリナが逃げてもおかしくはないはずだ。だからアデリナはできるだけ近づきたくなかった。

父が亡くなった時、ベルノはまだ独り身だったアデリナをクルトと結婚させようとした。そうやって「黒屋」を護ろうとしていたが、それだけは無理だとアデリナは即座に断った。従兄としては付き合えるが、生理的に苦手な相手と結婚するのは、店を護るためでも無理だと思った。

久しぶりに見たクルトのにやついた目に、やっぱり無理、という気持ちが込み上げて、後ずさりしそうになるが、さすがに失礼だろうと理性で踏みとどまる。

そしてふと、ディートハルトの笑顔を思い出した。

そういえば、彼の笑顔や視線にはまったく不快感がない。

まだ知り合って日も浅く、彼のすべてなど知りようもないが、貴族にしては不思議な人だというのはわかっているし、なぜか懐かれているのも気づいている。

昨夜の親密さは、懐かれている、という言葉の意味を超えてしまっているような気もするが、ひとりっ子のアデリナには末っ子の当たり前がわからないから、あれがいつも通りの彼なのかもしれない。

ともあれ、クルトと比べてみれば、自分はずいぶんとディートハルトに気を許しているのではないだろうか。やはり理想の外見だからだろうか。同じ笑顔でもディートハルトの笑顔を見ると胸が苦しくなることがある。

年下だし、貴族様だし、こんな気持ちになることだけでも失礼かも――

アデリナは暴走する気持ちを落ち着けようとするが、ディートハルトからしょっちゅう優しい笑みを向けられているせいで、なかなかうまくいかない。それでも妄想を振り切って、アデリナは目の前の現実に意識を戻した。

「何の問題もありません。カルは父に充分鍛えられていますし、手伝いの子もいます。あまり広くない店ですから、これ以上増えてもどうしようもないですし……」

「それでも、最近なにやら嫌なことが続いているらしいじゃないか」

「それは……」

嫌がらせのことは、叔父にもできるだけ知られないようにしていた。

しかし客の前で起こることだし、騒動を口止めするわけにもいかない。

叔父に知られてしまったからには、彼は口を出してくるに違いない。どうすれば、と思ったとき、背中に温もりが触れた。

肩越しに振り向くと、すぐ後ろにディートハルトが立っている。

いつの間に、と思ったけれど、背中に伝わる手の温かさから、アデリナを勇気づけるように護ってくれているのがわかる。彼は、にこりとベルノたちに笑いかけた。

「何が起こっても、僕がいるから大丈夫だ。アディは僕がちゃんと護る」

「……き、君は——？」

「アデリナ、この男は誰だ？」

驚くベルノと不機嫌そうなクルトに、アデリナは一瞬どう説明すれば、と戸惑った。

けれどその間にディートハルトがあっさりと答えてしまう。

「僕はアディの、この黒屋の護衛だ。つまり、客以外の者をこの店から追い出すのが仕事」

そう言って前に歩み出て、ベルノたちに詰め寄る。

大柄なディートハルトに近づかれると、普通の人は気圧されてしまうだろう。彼らも同じで、狼狽えながら入口の扉まで下がっていく。しかしどこか抵抗する気持ちもあるようで、声を張り上げてアデリナに問いかけてきた。

「ご、護衛？　アデリナ、どういうことか、説明してくれ」

「そうだ、護衛なんて、雇う余裕あるのか？」

「それはあんたたちにはまったく関係のないことだ。それにアディたちは今休憩中。ゆっくり休むことが必要なんだ。わかる？」

「だ、だが……」

ディートハルトは彼らの言葉を遮ると、叔父たちを店から押し出すように歩みを進める。

「じゃあ、今度来るときはちゃんと連絡をしてからにしてくれ」

最後にそう言って、ディートハルトは扉を閉めて鍵までかけた。

そして何事もなかったかのように振り返り、アデリナに微笑む。

「さてご飯の続きだよ、アディ」

「え……っと」

呆気にとられたアデリナは、今目の前で起こったことがすぐには呑み込めなかった。

代わりに、ヘルガが大きく手を叩いてディートハルトを褒めたたえる。

「すごい！　すごいですねディートハルト様！　あの嫌な奴らをあっという間に追い返してくれるなんて！」

ヘルガの中でディートハルトへの信頼感は一段と跳ねあがったようだ。他の従業員も同じなのか、目を輝かせてディートハルトを見ている。

そのディートハルトは、アデリナを席に落ち着かせてから自分も隣に座り、ベルノたちのことを問う。

「ん、さっきのは、誰だった？」

「……」

追い返してから言う言葉ではないと思うが、助かったのは事実だ。

アデリナは、ディートハルトに叔父とその息子のことを簡単に説明する。

父亡き後、心配してくれるのはわかるしありがたいが、この店は父のためにもなんとか自分で続けていきたい。だからあまり叔父の手は借りたくない。そう思っているからこそ、彼らの親切が苦手なのかもしれないとアデリナは思った。

「ふうん、叔父さんね。それで、あの人も、同じような食堂をやってるんだ？」

「傾きかけてるけど」

「ほとんど客はいないって話です」

「カル！　ヘルガ！」

あっさりと辛辣なことを言うふたりをアデリナは諌める。

ベルノも他国で修業してきたのだから腕はいいはずだ。その料理を披露して客をもてなせば必ず繁盛するだろうと、生前父が言っていたのを覚えている。

しかしベルノは、なぜかこの「黒屋」の料理をまねているらしい。

らしいというのは、アデリナはあまりその店に行ったことがないからだ。

叔父一家が帰国したのは六年前。

その頃、ちょうど王都で熱病という珍しい流行病が起こり、アデリナの母が倒れた。治療しようにも病の進行はあまりに速く、呆気なく母は逝ってしまった。そこからアデリナは、残された父を支えるのに必死だった。

後で知ったことだけれど、その熱病には治療薬があったらしい。けれどそもそも遠い砂漠の国で流行(はや)る病であり、この国では一度もその病気が流行ったことがなかったため、薬の手配が遅れた。薬が間に合わず、手遅れとなったのは平民ばかりだ。それでも国の英雄と称えられる国王は、その呼び名に相応しく、高価な治療薬を平民にも無償で届け、それからはすぐに鎮静化していった。

その熱病というものは、一度かかり命が助かれば、もう二度とかからないらしく、今は治療薬もあることから皆は安心して暮らせるようになっていた。

そんなふうに、流行病の脅威もなくなった矢先、今から一年前に父が亡くなってしまった。それからは無我夢中で、なんとか店を存続させるために必死になって働いた。最近になってようやく、亡き両親にも少しは顔向けできるようになったかな、と思い始めている。

「それに、あのクルトって人はアデリナにちょっかいを出してくる嫌な男だし」

「ヘルガ！」

「へぇ……そうなんだ」

ヘルガは、アデリナがクルトを苦手に感じていることも知っている。

しかし、それをディートハルトに教えるかどうかは別の話だ。もう黙っていて、と睨みつけていると、おもむろにディートハルトが立ち上がった。

「ディート様？」

「ちょっとあの男、絞めてくる」

「――は？」

「もうアディに手を出させないようにしないと」

まるで朝の散歩に出かけるときのような気軽さで、入口に向かい、取っ手に手をかけたところでアデリナははっとして、慌てて引き戻す。

「いやあの待って！　待ってください、なんで!?」

「何が？」

アデリナとしては、どうして「絞めてくる」などという結論に至ったのかを知りたかったのだけれど、ディートハルトのほうは止めるアデリナの理由がわからないようだ。

「何がではなくて！　落ち着いて、食事、そう、食事の続きを！　私は大丈夫ですし、別になんでもないんですから！」

「そうそう。もうアデリナにはディートハルト様がいるんだし」

「ヘルガ！」

必死に引きとめようとするアデリナを茶化すようなヘルガをもう一度睨みつけるが、ディートハルトはその言葉に納得したらしい。

くるりと振り向き、にっこりと笑った。

「そうだね。そうだった。僕がいるから他の男は要らないね」

ね、と同意を求められても、アデリナには答えるべき言葉など持ち合わせていない。代わりに何度も頷くヘルガと、それを否定しない他の従業員たち。

アデリナは裏切られたような気がして何を言えばいいのかわからなくなった。

ただアデリナ自身、ディートハルトから向けられる好意は決して嫌ではなくて、けれどそれを悟られたくもなくて、さっさと食事を終わらせると、夜の仕込みがあると言い、厨房に逃げ込んだ。

＊＊＊

ディートハルトは真っ赤になったアデリナも可愛い、と思いながら、今日初めて会った彼女の叔父と従兄の顔を頭に焼きつける。そうしてふと、その従兄という男を前にも見たことがあるのを思い出した。

クルトという男は、旅に出る前にアデリナに絡んでいた男だった。第一印象からして気に入らなかった。そのにやついた目がアデリナをどういう気持ちで見ているのかはっきりとわかるからだ。そしてベルノという男も、心配そうな顔を装って、裏で何を考えているのかわかったものではない。

「黒屋」の従業員の言うことだけで判断するのもどうかと思うが、彼らの印象は間違っていないように感じるし、実際、東通りのほうにある店は評判が良くないようだ。

つまり、彼らには「黒屋」を狙う理由がある。アデリナはまったく考えてもいないようだが、これまでの嫌がらせは彼らが行ったものという可能性もある。

証明するにはもう少し調べる必要があるが、ディートハルトはアデリナの傍を離れるつもりはない。

こういうとき、仕事の早い兄たちを持って本当に良かったと思う。

伝令役が必要だと判断した双子の兄たちは、あれからすぐに人を手配し、「黒屋」の斜向かいにある家の一室を借り、住まわせていた。

だから今は、店の横にある細い路地から合図するだけで、伝令役は駆けつけてくれる。

その伝令役に、アデリナの叔父一家のこと調べるようにと書いた手紙を託した。

ツァイラー家にかかれば、大抵の秘密は秘密でなくなる。「黒屋」に嫌がらせをしているのが叔父一家だったとしても、他に支援者がいるはずだ。それも調べなければ解決しないだろう。

ディートハルトは伝令役を見送りながら、厨房裏の入口へ足を向けた。

するとそこに、仕込みを終えたのか、アデリナが座り込んで笑っていた。

「もう食べたの？　ふふ、美味しかった？」

優しい声は、ディートハルトに向けられたものではない。

その手の先に、黒と茶色の混ざった猫が喉を鳴らして丸まっている。アデリナの細い手が気持ちよさそうに毛並みを撫でて、猫も至福の時を満喫（まんきつ）しているようだ。

猫か、と思いながらも、ディートハルトは目を細める。

たとえ猫でも、その手が撫でるのはまずディートハルトであるべきだ。

その考えが態度にも出ていたのか、一歩足を踏み出してみれば、猫のほうが気配を察知してあっという間に路地の奥へ走って逃げていった。

驚いたのは残されたアデリナだ。撫でていた手をそのまま宙に浮かせて、消えた猫のほうを見て、現れたディートハルトを振り向く。

「……ディートハルト様？」

「僕は逃げないから、いいよ」

「は？」

「いくらでも撫でて」

「え？」

同じようにアデリナの前にしゃがみ込み、彼女の細い指を自分の頭に乗せた。アデリナは、自分が何をしているのか気づいたとたん、また頬を染めて慌てて手を離す。

「なんです!?」

「僕も撫でてほしい」

「そんな――」

子どもみたいな、とアデリナの小さな声が聞こえた。

けれど、落ち着いた印象の声とは裏腹に、顔は明らかに狼狽えていて、大人しくアデリナの反応を待つディートハルトの顔を見つめてみたり、視線を逸らしてみたりと忙しない。

アデリナは何か気を逸らすものはないかと真剣に考えているのか、手の代わりに口を動かした。

「あの……ディート様に、一度訊かなければと思っていたんですが、いいですか?」

「何?」

何を問われているのかがわからず、ディートハルトも同じ目線で首を傾げる。

「どうして貴族でいらっしゃるのに、こんな平民の店に……」

いくら武芸の家系だと言われても、すんなりと平民の家に居座ることを決めたツァイラー家の意図が本当はよくわからない、ということのようだ。

ディートハルトにすれば、そんなことは疑問でも何でもない。

「僕は、自分が貴族でなくても構わないんだ。双子の兄たちのように傭兵になったっていいいし、長兄がどうしてもって言うから近衛隊も考えていたけど、実際僕には貴族社会の暮らしは窮屈だし……ああ、でも」

「でも？」

ディートハルトはそこで不意に思い出した。

幼いころ、双子の兄たちが成人し、一人前と認められたときに行われた、ツァイラー家の儀式を。

ツァイラー家では、武芸を磨くことは必須だが、近衛隊に入り国王より騎士と認められる者ばかりではない。それでもその心は国を守る騎士そのものであり、忠誠心が変わることはないと、ツァイラー家では独自にその儀式をして騎士と認めていた。

屋敷にいる全員、使用人までもが集まり双子の兄が騎士に叙される姿をたたえていて、ディートハルトも幼心に憧れた。

いつか自分も、と思っていたが、こうなっては難しいだろう。

なにしろ騎士にも兵士にも傭兵にもならず、国よりアデリナのためだけに生きたいと願ってしまっている。後悔などしていないが、幼いころの思い出はいつまでも心に残るものらしい、とディートハルトは少し感傷的な気持ちになった。

少しぼんやりとしていたのか、頭にふと柔らかな手があり、現実に戻ってくる。

いつの間にか、アデリナが一度は離した手を自らもう一度乗せて、撫でていた。

誰かに頭を撫でられるなんて、本当は子どものころ以来だったけれど、ふわりと心が温かくなった。

心が温かいと思ったことなんて、初めてだった。

目の前には、戸惑いながらも心配そうにこちらを見つめるアデリナがいた。猫に向ける優しさではなく、それとは確かに違う気持ちがそこにはあった。

それを間近で感じたディートハルトは、顔が赤くなる。心が熱くなったと思った瞬間には、抑える間もなく顔が赤くなっているのが自分でもわかったくらいだ。

「ディート様？」

「…………っ」

顔が赤くなるなんてことも初めてだったので、ディートハルトは少なからず動揺した。その動揺が伝わったのか、アデリナの顔がさらに心配そうに陰る。優しい手は、何度もディートハルトの頭を撫で、指先が時々髪を梳いていく。

ディートハルトは、まるで子どものようだった。

与えられるとは思ってもいなかった欲しかったものが与えられた、子どもの不安定な喜びが心を占めた。

僕は、これが――

ディートハルトはその想いを理解して、恥ずかしくもなった。まるで子どもが母親から温もりを与えられて喜んでいるような気持ちそのものだったからだ。

ディートハルトは自分を産んだ後すぐに身体を壊した母とはあまり会ったことがない。

会えたとしても、元気いっぱいのディートハルトから見れば、触れるだけで壊してしまいそうな弱さがあって、近づきたいとも思わなかった。

その温もりが欲しかったわけではない。

ただ、この温かな手はディートハルトの欲しかったすべてが込められているように感じた。母の愛情だけではない。女性の柔らかさだけではない。アデリナの気持ちが込められていて、それがディートハルトの心を埋めて、さらなる渇望をも引き出している。ディートハルトを見つめるアデリナの目の中に、期待と欲望が混ざったような自分の顔を見つけて、さらに近づいた。

「ディ」

「アディも撫でたい」

「……ート、様」

掠れたようなアディの声に被せるようにして伝えると、ディートハルトを撫でていた手が止まった。構わず、ディートハルトはアデリナの頬を両手で包む。

小さな顔に、細い首だ。片手に少し力を込めれば、すぐに折れてしまいそうなほどに。

指先を動かしてその肌を撫でていると、状況を理解したのかアデリナの顔が首まで赤くなり、ゆっくりとディートハルトの手から逃れようと後ろへ下がる。しかしディートハルトが逃がすはずがない。

アデリナの後ろは厨房へと続く扉だ。そこは今、閉まっている。

背中をそこにぶつけるように下がったアデリナを追いつめて、ディートハルトは両手で包んだ彼女の顔に自分の顔を近づける。

「アディ」

「……んっ」

名前を呟くと、ぎゅっとアデリナが目を閉じた。それを受け入れた証と見て、ディートハルトはきゅっと結ばれた唇に自分の唇で触れた。

一度目は軽く。

二度目は小さな唇を食べるように強く。

押しつけながら、舌を伸ばしてそこを舐めた。

肩がびくりと揺れて反応するのがわかったけれど、さらに執拗に舐める。

「ん……っ」

苦しそうなアデリナの吐息を聞いてゆっくり顔を離すと、その顔は真っ赤になっていた。おそらく羞恥というより息を止めていたからだろう。

「……アディ、口づけのときは鼻で息をするといいよ」

「……っは、い!?」

「あと、口を開けてもいい」

「は!?」

今度は完全に恥ずかしさから顔が赤く染まった。さっきまでディートハルトを優しく撫でていた手が引き剝がすように身体を押し返す。

「なん、なんでっなに、をっ!?」

頬を染めたまま狼狽えている姿が、とても可愛い。

もっと戸惑ってもらってもいいけれど、それはすべてこの腕の中でしてほしい。

ディートハルトが強く抱きしめようとした瞬間、店内から彼女を呼ぶ声が聞こえた。

「……アデリナー？　外にいる？　もう仕込みが終わるけど……」

「あ、あ、うん！　すぐに行く！」

カルの声だった。

アデリナは、ディートハルトから逃げるように素早く立ち上がって扉の中へ消える。

ディートハルトはその姿に目を瞬かせた後、にこりと笑った。

惜しかったけれど、「順序よく」だ。兄の教えは守っているつもりだ。

続きは夜だ、と思いながらディートハルトも店の中に戻った。

しかし「順序よく」の場合、口づけの続きはいったいどこまでだろう。

自分の中に籠もり始めた熱は、ただ女性の身体が欲しいと思う子どもじみた欲求ではなくなっている。

店の中では夜の開店準備が始まっていて、すでに慌ただしかった。

その指揮をするアデリナが、必死でディートハルトに意識を向けないようにしようと頑張っているのがわかって思わず笑みが零れる。

アデリナは気づいていないようだが、他の従業員は付き合いの長さからか彼女のおかしさに気づいている。特にヘルガという給仕はディートハルトとの付き合いを勧めているようだ。他の者たちも特に不満があるようでもない。

彼らは皆、アデリナとこの店を大事に思っている。

それを護ると言うディートハルトを好意的に受け入れるのも当然かもしれない。彼らは店のことはできても、暴力に対抗できるわけではないと理解しているのだろう。

そう思いながら店内の様子を眺めていると、この店の者たちは本当に仲が良いのだとわかる。アデリナが護りたいというのは、彼らを含めての話なのだろう。

それならそうするべきか、とディートハルトは依頼を達成した後のアデリナの微笑みを思い浮かべて、すでに浮かれた気分になっていた。

嫌がらせを解決して、店もアデリナも護りきれば、どれほど喜んでくれるだろうか。

自分はそれがなにより嬉しいらしい。

とりあえず今は、もう少し自分の価値を知ってもらおうと、アデリナの視界に入るように動いた。

夕暮れになって店を開けると、夕食を兼ねた晩酌を求める客で溢れかえる。

初めて来たときも店内はほぼ満席だったけれど、それはいつものことのようだ。

酒を飲み、食事をして腹を満たすと、少し離れた娼館街に向かう男たちの出入りが多い。

それ以外にも夕飯を食べて家に帰る客もある。客たちも嫌がらせをされているとわかっているだろうに、客足は途切れない。

そのことにアデリナが楽しそうにしているから、ディートハルトも自然と笑顔になる。

しばらくの間、ディートハルトは気分よく彼女のことを見つめていたが、突然、笑顔だったアデリナの顔が強張り、そしてとうとう不機嫌なものになった。

客の前なのにそんな顔は珍しいと思っていると、彼女は昼間と同じカウンター席にいたディートハルトの目の前に来て睨みつけた。

「ディート様、私、子どもではないのだから、そんなに見ていなくても転んだりしません！」

「子どもだから見ていたわけじゃないけど」

「……！」

もちろん転ぶのを期待して見ていたわけでもない。

柔らかい肢体を、今日はどこまで楽しめるだろうと想像はしていた。

ディートハルトの声は大きくはなかったが、小さくもない。不自然な行動に出たアデリナを見ていた客にはちゃんと聞こえていたようだ。

一瞬間を開けて、真っ赤になったアデリナを客たちが囃（はや）し立てる。

否定されているわけではないと受け取り、ディートハルトはアデリナの腰を取って引き寄せた。

「僕はアディの護衛だ。これからはアディに近づくのなら、まず僕を倒すように」

笑って店中に教えてやると、さらに喧騒が大きくなった。

賑やかなのはいいことだと思うが、腕の中のアデリナはこれ以上ないくらい顔を赤くしている。それがあまりに可愛くて、ディートハルトはその頬に口づけた。

また客たちがわっと騒いだが、真っ赤になったまままもう何も言えないのか、唇を震わせるだけのアデリナを自分がさっきまで座っていた椅子に座らせて、ディートハルトは給仕の代わりをすることにした。

アデリナを動けなくしたのだから、その代わりくらいはしなければならないだろう。なにより、店内にいれば見失う心配もない。

ディートハルトは賑やかな店内を軽い足取りで動きまわり、ディートハルトを煽る客たちに愛想よく答えてやった。

これで、「黒屋」に護衛がいることはだいぶ広まるだろう。

アデリナにも「黒屋」にもこれまでと同じようにちょっかいを出すことは難しくなるとわかるはずだ。

さて、どう出てくるか――

ディートハルトは、まだ姿もわからない相手を思い浮かべて、楽しみだと笑みを深くした。

＊＊＊

今日はいったいなんだったというのだろう。

アデリナは一日を振り返り、いろんなことがあり過ぎて、本当に一日の出来事だったのかわからなくなる。

昨日と変わったことと言えば、ひとり人が増えたことだけだ。

それも「黒屋」を護ってくれるという奇特で優しい人。

しかもその人が、アデリナの理想の外見そのものだったから、こんなにもアデリナは混乱している。さらにその理想の人が、アデリナの理解しがたいことを次々にしてくるおかげで、振り回されてうまく反応できない。アデリナにできたことは、いつの間にか腕の中に捕まっているような状況から必死に逃げるだけだ。

しかし逃げ続けるのにも限界がある。

店が閉まり従業員が帰ってしまうと、家にはアデリナをおかしくさせるその彼とふたりきりになるからだ。それでも逃げる以外の対処法を見つけられないアデリナには、ギリギリまで背を向けることしかできない。

アデリナは仕事を終えるとすぐに湯浴みの用意をして、ディートハルトに先に入るよう勧める。また一緒に入ろうなどと言われるが、昨日と同じように軽食を作ると言って逃げ出した。そして今日こそ、ちゃんと別の部屋で寝てもらわなければ、と思う。

そうしないと、朝起きた瞬間からアデリナの心はおかしくなったままになるからだ。

「――よし、今日は大丈夫」

狼狽える心を抑え、気合いを入れたつもりだった。

「何が大丈夫?」

「──っ」

しかしすぐ背後でした声に、声も上げられないほど驚く。

他の誰でもない、ディートハルトが湯を浴びてさっぱりした様子で立っていた。

自分の予定と違うことに慌てたが、そんなことを気にするディートハルトではない。

「アディ、どうかした?」

「あ……えっと、いいえ……その、食事を」

食事を、と考えて、まだ何も手にしていなかったことを思い出す。しまった、と考えながらも、今日の残りの黒パンがあることを思い出した。

慌ててそれを取りながら、ディートハルトと少しでも離れられるように前に差し出す。

「今日はこの、黒パンをどうぞ。あの、甘いですが、美味しいですし……ええと、ここで食べますか? それともお部屋へ?」

「……アディ、口調が戻ってる」

本当に悲しい、と眉を下げられると、どうしてかアデリナも悲しくなる。

「あ、え、ええと──私は、じゃあ、浴室へ行くから、ゆっくり休んで……」

どうにか気持ちを落ち着かせて、ディートハルトの言うように口調も崩してみたが、それだけでは足りないらしい。

「僕、ひとりでご飯食べるの本当に嫌なんだけど」

「え……」

「僕の母、というか産んだ人、僕を産んだ後で身体を壊して、あまり一緒にいた記憶がないんだ」

以前聞いた、妾になったという人のことだろうか。ディートハルトの眉がしょんぼりと下がる。

「いつも兄たちがいてくれたから寂しくはなかったけど、ひとりは嫌だ」

「え……っと」

「アディ、一緒に食べよう」

「それは……」

まだ成長期だろうディートハルトと違い、アデリナはこの時間にはもう食べたいとは思わない。この軽食も、ディートハルトがお腹を空かせていると思ったから出しただけだ。

躊躇うアデリナに、ディートハルトはアデリナの心を惑わせる微笑みを向けた。

「一緒にいてくれるだけでいいよ」

「…………」

この笑みに勝てる者がいるというなら連れて来てほしいと思うくらい、アデリナはこの顔に弱かった。

自分の心が落ち着かないからあまり傍にいたくないと思っていたけれど、今のディートハルトは大人しく食事をしているだけだ。今日は、予想外のことだらけだったけれど、これ以上のことなんてないのかもしれない。

アデリナはそう安心しながらも、店の裏での出来事を思い出し、頬をそっと染めた。

あれこそ、いったいなんの理由があったのだろう。

あれは確かな口づけだった。

眠る前の軽い挨拶などではなく、ごまかしようもないほどディートハルトから求められたものだ。

いったいどうして、なんで——

その理由がわからないから、アデリナはずっと混乱が続いたままで、必死に冷静さを取り戻そうとしているのに、ディートハルトはまったく気にしていないのかいつもの調子のままだ。

そういえば、口づけをする直前、ディートハルトはなぜか顔を赤く染めて狼狽えたようだった。そんな顔は初めて見たから、アデリナも動揺、というより心配してしまったのだが、彼はすぐに何か決意したような強い視線でアデリナを捕まえていた。

アデリナがこんなにも困っているのに、目の前の男は呑気(のんき)に夜食を食べている。そんな様子を見ていると、アデリナの気持ちとの差があり過ぎるように感じて、少し怒りすら覚える。

しかしあの口づけはどういう意味なのか、アデリナに訊く勇気はなかった。

だって、もしかして答えが好意以外のものだったら――

なんだと言うのか。

自分の期待が膨らみ過ぎていて怖い。だからアデリナはそれ以上考えることもできなかった。

そんなアデリナにディートハルトは、お皿に盛られた黒パンを次々にお腹に収めながら、そういえば、と問いかけてくる。

「アディのお父さんは、亡くなったって聞いたけど、お母さんは？」

「母は――」

そんなことも話していなかったとアデリナも気づいた。

この界隈では、流行病で亡くなったアデリナの母のことはよく知られているが、ディートハルトが知っているはずはない。

「母も、亡くなったの。六年前の流行病で……」

「……あの、熱病？」

「そう。母はとても早い時期にかかって、あっという間で……それからは、次々に周りの人が……」

もう薬もあり心配ないとわかってはいても、あのときの恐怖が蘇ってくる。

六年前、ある日突然のことだった。

それまで元気にしていた母がよろめいて倒れたときには、ただの疲労からくる熱だろうとった。
と言われていた。しかし体調は悪くなる一方で、看病の甲斐もなく五日後には息を引き
死んでしまうなんて、思ってもみなかった――
皆、ただの熱だと思っていた。
風邪を拗らせたのかも、と思っていた。
しかしその後、あまりに多くの人が同じように倒れて、その異常さに王都中が震えた。
どうにもならなかった。何もできなかった。
あれほど無力な自分を呪ったことはない、と父が嘆いていたのをよく覚えている。それ
はアデリナも同じ気持ちだったからだ。
悲しみもしたし、どうしようもないことに怒りさえ覚えたけれど、熱病にかからないた
めの薬が無償で配られ、それによってアデリナたちは生き延びることができた。発症して
も薬を早めに飲めば、助かる者も多かった。遠くの国から素早く薬を取り寄せてくれた国
王には感謝しかない。
「王様のおかげで私たちは助かったから、本当に王様には感謝してもし足りないくらいな
の」
「ふうん」
ディートハルトの返事は、本当に簡潔だった。
何か気に障るようなことを言っただろうか、とアデリナが顔を曇らせるほどあっさりと

した反応だったが、ディートハルトが呟いた。

「僕がそのとき傍にいれば、アディのお母さんに薬を届けてあげられたのに」

「…………！」

そんなことは、初めて言われた。

しかも、貴族のディートハルトにだ。

ディートハルトの言葉が本心であるとなぜかわかってしまったから、嬉しさに胸が震える。あれほど無力だと自分に怒りすら感じた悲しみが、この一言で慰められた気がした。

目の奥がじわりと熱をもってきて、それをどうにかしたくてアデリナは顔を伏せる。

「その……ありがとう、ございます」

「なんのお礼？　僕は助けてないのに」

「……その気持ちだけでも、すごく嬉しい、から」

「……そう？」

「そうです」

「……ふうん、アディがいいならいいけど」

アデリナの言葉を理解しきれていないけれど、本当に言葉通りにいいと思っているようで、ディートハルトは気にしない様子だった。

そのディートハルトはいつの間にか皿を空にして、アディの手をとって指を絡めている。

アデリナが驚く前に、ディートハルトはまた口を開いた。

「アディの家族の話も聞いたから、僕のも聞く？　前にも言った通り、僕の母は妾で、子爵の位は長兄が継いでる。父は身体が弱くなった母について隠居中で、僕の面倒を見てくれたのは兄たちだよ」

そう言われ、アデリナは店にも来た双子を思い出す。

それに気づいたのか、ディートハルトが笑った。

「僕の兄は四人いる。長兄エックハルトと、次兄ゲープハルト。その下が双子のハルトムートとハルトウィヒ。あのふたりはどっちがどっちかわからない人が多いって聞くから、適当に呼べばどちらかが返事をしてくれるよ」

「そんな適当だなんて……」

店に何度か来てくれたことのある双子は、アデリナもよく覚えている。双子はこんなにも似るものなのかと正直区別ができなかったからだ。

「ディート様には、見分けが？」

「うん。見分けるコツは、顔を顰めたとき右の眉を上げるのがハルトムート。左の眉を上げるのがハルトウィヒ」

「…………」

何でもないことのように言われても、きっとアデリナには区別できないだろう。

「長兄が子爵家を継いだから、その兄に代わって、次兄が近衛隊士になってる。知ってるだろうけど、双子の兄たちは傭兵稼業で毎日楽しそうだ」

ディートハルトは気づいていないのかもしれないが、家族の話をする彼の表情はとても柔らかい。

家族の仲がいいことがよくわかる。両親と、特に身体の弱い母親とあまり接点がないように聞こえたが、それだけ兄がいたならきっと楽しかっただろう。

「ディート様は、将来何になるの？」

四人の兄たちのことを聞いて、子爵家とはいえ彼らは普通の貴族ではないのだとアデリナもなんとなくわかった。けれど、年の離れた末っ子が成人した今、どのような役目を負わせるか、彼の将来については子爵家にとって重要なことであるはずだ。

だが、ディートハルトは不思議そうな顔をして、目を瞬かせてアデリナを見た。

「ここにいるけど？」

「え？　いえ、だから……」

現状ではなく、この先どのような役目を担うのか、と訊いたつもりだったのだが、ディートハルトの返事は思いもよらないものだった。

「アディの護衛になってる」

「………」

表情が固まり、声も出なくなったのは仕方がないはずだ。

その意味と理由を考えてみたが、そもそも納得のいく答えが自分の中にあるはずがない。

アデリナは辛抱強く、もう一度訊いた。

「ええと、今は助けてもらっているけど、この後――護衛を辞めた後のことを訊いたの」

「アディは僕といるのがそんなに嫌？」

ディートハルトの声は、真剣でどこか寂しそうでもあった。

駄目だ、とアデリナが思う前に、ディートハルトの表情はすでに曇っている。

こんな顔は卑怯で――

アデリナが戸惑っている間に、ディートハルトはアデリナが逆らえなくなるいつもの表情で、縋るように顔を寄せた。

「僕のことが嫌い？　一緒にいたくない？　邪魔？」

そんな質問に、答えられるはずがない。

しかし答えを聞く前に、ディートハルトは次の質問をする。

「アディは……僕をひとりにしても、平気なんだ？」

子どもが拗ねているような顔は、ディートハルトの得意技なのではないだろうか。

しかしわかっていても、アデリナにそれに対抗する術はない。

「ねえ、僕が嫌い？」

もう一度訊ねられて、アデリナは首を横に振って視線を落とした。

これ以上その顔を見ていたら、もうどこにも逃げられなくなってしまいそうだったからだ。

ただ、落とした視線の先には自分の膝がある。ふと気づけば、触れ合いそうな距離にディートハルトの膝もあった。

重なった手は強く握られていたし、よくよく気づけば座っているのはまた寝台の上だ。

いったいいつから、ここにいたのか――

アデリナは自分の迂闊さと、逃げていてばかりで考えようとしなかった愚かさに呆れ、恥ずかしくなって慌てて身体を離そうと立ち上がろうとする。しかしディートハルトはそれも許さない。

もう片方の手もとられ、身体をディートハルトの方に向けさせられたかと思うと間近にその綺麗な顔があった。

燭台の明かりに照らされて揺れる瞳が、とても綺麗だと思った。

「アディは、僕の傍にいるよね……僕と、ずっと一緒にいるよね？」

甘えた子どものような言葉なのに、その身体はすべてを裏切っている。

アデリナはその手を撥ね除けることができず、返事すらできない。どう答えることが正解なのか、アデリナにはわからなかった。

昼間も感じていた疑問や不安が期待に変化して、それでもすべてをその感情にゆだねることもできず、アデリナはただ戸惑っていた。

ディートハルトはそんなアデリナの感情を正確に読み取ってしまえるのか、間近でふっと笑った。アデリナを見透かす、軽い笑みだった。

軽いのに、アデリナを深く暗い檻の底に落としてしまうような笑みだ。

「……アディ、顔に出てる」

「……！」

いったい何が、と訊かなくても答えはわかっていた。

恥ずかしくなって思わず顔を背けたが、その耳にディートハルトの声が近づく。

「僕が、ちゃんと言ったのを、聞いてなかった？　嘘だとでも思った？」

「……っ！」

アデリナは耳を塞ぎたくなった。

落とされた檻に出口はなく、これ以上聞くと、きっと後悔する。もう戻れなくなる。

アデリナは逃げることもできなくなるだろう。しかしディートハルトは最初から逃がすつもりはなかったようだ。ゆっくりとアデリナの耳に甘い声を落とした。

「好きだよ……アディ」

それが本心だなんて、知りたくなかった。

年上に甘えているだけだと思いたかった。

寂しがり屋だから傍にいるのだと信じたかった。

耳に、ちゅっと音を立てて口づけられると、アデリナはうまく考えられなくなる。

いつからか、期待していた。それはディートハルトが現れて、執拗に構ってくるようになってからだけれど、自分が何を期待しているのか深く考えなかった。否、考えたくなかった。期待するべきではないと理性がどこかで囁き続けていたからだ。

どうして、期待しては駄目だったのか――

頭の中まで、真っ赤になった気がした。

ディートハルトはそんなアデリナの首筋に顔を埋め、寝台に倒れ込む。何度かそこに吸いついた後で頭を上げると、ぼんやりとしたアデリナの唇を塞いだ。

また口づけられた。

だが、今度はすぐにその舌がアデリナの唇を割って、探るように口腔へ潜り込んできた。

「ん……っ」

苦しくて声を上げるけれど、唇は離れなかった。

昼間とは違い、なぜか今度はうまく息ができている。どうして、と思うころには、すでにアデリナの唇はディートハルトに吸い続けられて腫(は)れたようになっていた。

そして胸元が涼しい、と気づいたときにはすでにアデリナの衣服は開かれ、肌に直接手を触れられている。

「あ……っ」

声を上げると、ディートハルトの唇は顎から首へ、鎖骨にも落ちてそのまま胸の間に滑っていく。乳房の両側を両手で支え、柔らかな谷間に顔を埋めた。

「んんっ」

びく、と疼いたのはお腹の下のほうだった。

それがどんな意味を持つのか、アデリナはなんとなく気づいた。気づいたけれど、恥ずかしくて口にすることなどできない。

「ん……っディィ」

アデリナの身体が震えているのは、ディートハルトの舌が胸の間を執拗に舐めるからだ。

逃れようと身を捩ってみても、アデリナより大きな身体はまったく動かない。

逞しい身体にすっぽりと収まってしまう自分に気づき、なぜだか情けなくなった。

目尻がじわりと涙で滲む。胸に顔を埋めていたはずなのに、どうしてかディートハルトはそれに気づき、顔を上げてアデリナを覗き込んできた。

「どうしたの？」

「……ディ、ート様……っ六つも、年下、なのにっ」

どうしてこんなにも、女性を翻弄する手管に長けているのか。

そしてどうして六つも年上の女を翻弄するのか。

悲しいのか憎いのか、複雑な気持ちがアデリナの中に渦巻いていた。

「アディが気持ちよくなることは、全部わかるから大丈夫」

「────っ」

それがどんなことなのか、アデリナはもう考えられもしなかった。

この場面で、そんな顔をするのはずるい。

甘えた末っ子の子どものような顔はどうしたのか。

今にも泣きそうなあの顔はどうしたのか。

いったいディートハルトは、あとどれくらいの顔を隠しているのだろう。

今、彼の顔は艶めいていて大人の色香を醸しだしている。

アデリナは自分で調節できなくなった気持ちに怯えて、自分のほうが子どものように泣いてしまいそうだ、とただ震えた。

けれどディートハルトにはアデリナを泣かせるつもりはないようだ。

微笑んだまま、その口を胸の先に近づけて、何の躊躇いもなくぱくりと食べた。

「あ、あっ!?」

驚いたせいで、涙など止まった。

しかし、今度は違う意味の涙が出そうになる。

「ま……っま、って、あ、やっなん、でそんな……っ」

「アディがすごく、柔らかいから……どこもかしこも、食べたくなる」

「食べ……っちゃ、ぃや……っあ!」

その瞬間、アデリナはディートハルトから清潔な香りがすることに気づいた。そして自分は仕事が終わった後、湯浴みをしていないことを思い出す。

「待って、あっだめ、待ってっあっあっわた、し……っ」

「何?」

「身体、きたな……っ舐めちゃ駄目……っ」

アデリナの言いたいことはわかっているようなのに、ディートハルトはまったく気にする様子はなく、執拗に乳房を舐め、硬くなった先へ舌を絡めていく。

「アディは綺麗だ……どこも、すごく、全部舐めてしまいたい」

「あ、あっあ――っ」

胸に集中していたディートハルトの手が、するりと下肢へと伸びてスカートの裾を捲り上げる。ドロワーズに触れたかと思うと、大きな手が迷うことなくアデリナの秘所に伸ばされた。

「あ、あっや、や……っ」

「アディ……見たい」

「……えっ」

布の上から肌を探るディートハルトに震えていたアデリナだが、急にその手が止まり、目を瞬かせた。彼はがばっと起き上がったかと思うと、アデリナの服に手をかける。

「え……っあ!?」

見たい、と言ったディートハルトの言葉はそのままの意味なのだろう。

あっという間に服を脱がされると、アデリナは寝台の上で下着一枚になっていた。

アデリナの抵抗など、本当にないようなものだった。

まじまじと、真剣な顔で見下ろされるのが恥ずかしくて、アデリナは身を捩り、腕で身体を隠そうとするが、覆いかぶさってくるディートハルトから逃げられるものではない。

ディートハルトはしばらく無言のままでいたが、やがて視線はそのままに自身の服に手をかけ始めた。

もう寝るつもりだったのだろう。簡素な服はあっという間に彼の身体を露わにする。

ディートハルトは自分の裸体もまったく隠さなかった。

肩から腕、硬い胸から腹部にも筋肉がしっかりとついている。アデリナは男性の肉体の美しさを初めて目の当たりにして、思わず見とれてしまった。そして腹部の下で存在を主張する男性器もしっかりと見てしまい、思い出したように慌てて目を逸らす。

見た……っ見ちゃった――

初めて男性の裸体を見たことに動揺し、さらに遅れて自分の身体も初めて人に見せていると気づいて羞恥が増した。きっと全身が真っ赤になっているに違いない。だが、アデリナが逃げ場を探して動いたところで、そのすべてが遅かった。

「アディ――」

心からアデリナを求めているとはっきりわかる熱い声だった。

大きな腕で抱き込まれ、なぜかアデリナは泣きたくなった。

顔や頬や首筋、届くところすべてにディートハルトの唇が落ちる。アデリナよりも大きな手が肌の上を探るように何度も行き交う。すり合わせた脚も絡めとられて、アデリナはもう逃げられないと悟った。

どうして、こんなことに――

一瞬浮かんだ疑問は、すぐにどこかへ飛ぶ。

やがて背中からアデリナを包み込む体勢に変わり、後ろからドロワーズの中に手が滑り込んでくる。

「――あっ」

直接肌に触れられて、その掌の熱に身体の奥が熱くなった。

ただ触れるだけでなく、長い指が秘所を覆い、襞の割れ目を探るように曲げられる。

「あ、あ……っ」

気がつけば、アデリナの目から理由のわからない涙が零れていた。

「アディ……アディ」

何度も囁かれ、そのたびにいろんなところに口づけされる。

胸を触っていた手が腰を辿りドロワーズにかかる。そのままそれを腰から下ろし、膝の上で止める。むき出しになったお尻に、熱い塊が押しつけられた。

「あ……っ」

ゆっくりと、脚の間に硬い熱が押し込まれる。

それは指で弄っている秘所まで届き、ゆっくりと揺らされる腰に合わせて擦りつけられた。

「ん……っんっ」

視界は涙で滲んでよく見えない。アデリナは目を閉じて、同時に口も引き結んだ。

「アディ……気持ちいい」

ほっと息を吐くようなディートハルトの声は、成熟した色香を漂わせる艶を含んだもので、ふるっと身体が震えた。

ディートハルトの腕が、その震えを止めるように強く抱きしめてくる。

「アディ……僕が護ってあげる。全部僕が、護る。ずっと一緒にいる。僕のものだ……」

一方的な言葉のようなのに、心からの願いにも聞こえる。

不思議な声だ、とアデリナは思った。その声が、どんな顔をして発せられたのかが気になって目を開ける。

背後からしっかりと抱き込まれているので、そっと肩越しに振り返ってみる。

そこでぶつかった視線に、アデリナは少し後悔した。

食べられる――

完全な捕食者の顔が、そこにあった。

そしてそうさせたのは、自分なのだろうとアデリナは自分でもわかった。

＊＊＊

正直に言えば、すぐに彼女の中に入ってしまいたかった。

しかし女性はとても壊れやすいのだ、とディートハルトは教わった。

片手で数えられるだけの経験しかないけれど、娼婦から教わったことは勉強になった。

その経験は、まさに今、アデリナを傷つけないために活かされている。

すべてを奪って、すぐに自分のものにしたい。この気持ちよさに、もっと先があるのを知っている。その先まで走り抜けたい。だがそんなふうに暴走する本能を、同じ熱量の何かが押し留めている。

柔らかな身体、温かい肌を触れ合わせるだけで、爆発しそうではあるけど、一方でどこか落ち着かせるものがアデリナにはある。

もったいない――

ディートハルトはそう感じた。

すぐに終わってしまうなんて、もったいない。

アデリナのよがり啼く顔を見ないのも、もったいない。

狂ったように求める声を逃すのも、もったいない。

つまり、ディートハルトはアデリナの身体だけではなく、感情のすべてが欲しかった。

後ろからしがみついた後、自分を求めるような目を見せられて、ディートハルトは彼女の唇を強引に奪った。思うまま口腔を蹂躙し、満足した後で、くたりと力の抜けたアデリナの身体を返し真上からもう一度貪る。

すべてを食べ尽くしたい。

舐めるよりも噛み付きたい。

丸い乳房の先から、その下へ思わず力を入れて歯を立ててしまうと、細い身体が悲鳴を上げるように揺れた。

そうか、アディはこれが好きなんだ――

ディートハルトはそうやってアデリナのすべてを知っていきたかった。

乳房を下から舐め上げるとすすり泣くような声が聞こえる。もっと他に感じる場所を探したくて、震える腹部や腰に口づけて、柔らかな太腿に顔を埋めながら噛み付いた。

ディートハルトにされるままになりながら、その格好が恥ずかしいと、アデリナがまた泣いていた気がするが、見つけた敏感な場所に刺激を与えると違う泣き声に変わる。

もっと泣いてほしい。考えることはただそれだけで、指で何度も探った秘所にまた顔を埋める。ここに噛み付いたらどうなるだろう、と考えながら、襞の間を舌でゆっくりと味わった。

「あ、あ、あぁっ」

思わず腰を浮かせて逃げようとするアデリナの脚を押さえ、腰を抱え込むようにしてしつこく秘所をしゃぶる。

「ふぁ、あっあ、あ――っ」

一際高い声を上げて大きく身体が揺れたのは、おそらく絶頂に達したからだろう。

アデリナが、イった。

それだけで自分も達しそうになる。

でも最初はアディの中がいい――

それだけを考えて必死に衝動を抑え、もう一度襞を割る。その間に見つけた芯を、熱心に舌で弄るとアデリナの切羽詰まった声が響いた。

「あ、や、それ、あ、あぁっ――！」

びくり、と身体が震えた。もう一度達したのだろう。

この短時間で二度も達したアデリナは、感じきっている身体に気持ちが引っ張られて、言葉すらうまく紡げないようだった。

「アディ……良かった？」

「んっん……っ」

腹部へ口づけを落としながら、今度は指で襞を割ってその中を探る。

濡れた秘所の間を、指がぬるりと辿ると中に沈んでいく場所がある。

まるで誘われているようだ、とディートハルトは指を奥へと進めていった。

「ん……っふ、あっ!?」

さすがに外と中では違うのかもしれない。ディートハルトはアデリナを安心させるように、胸の下に顔を埋めて舌でくすぐるように舐めた。

「あ、あ、んっ」

もう片方の手で肌を撫でてやりながら、指が入るところまですべて挿れてしまう。

「ん――……っん」

挿れて、抜く。そしてもう一度挿れる。

それを繰り返していくと、アデリナの表情が泣き顔から恍惚としたものに変わっていく。

ディートハルトは堪らなくなって、アデリナの唇に口づけた。

何度も唇を奪いながら、中を探る手が止まることはない。

我ながら器用なことができるな、とディートハルトは自分に驚いた。しかし、アデリナにならどんなことでもできる気がした。

「んん、んっふ、あ……っ」

「アディ……いい？」

なんの確認だろうと自分でも思いながら、ディートハルトは唇を離したところで繋がった唾液を舐めとる。それから、アデリナの中に埋める指を一本増やした。

「あ、あふぁ……っ」

あまり抵抗もなく挿(はい)ったことにディートハルトの口端が上がる。

「アディ……」

「ん、あっあっん」

指での抽挿に、アデリナが声を弾ませる。彼女の目にちゃんと自分が映っているのだろうかと心配になって、額を合わせるように顔を寄せた。

「アディ……もう挿れたい」

「んん……っ」

返事とも言えない反応に、ぞくりと背中が震える。

「順序よく……もう、順序よくしたよな？」

ずるりと指を引き抜くと、アデリナは身体全体で息を吐いたように力が抜けた。

その脚を大きく開いて、自分の膝の上に彼女の太腿を置く。さっきまで指が埋まっていた秘所は雫を溢れさせるほど濡れて、ディートハルトを誘っているようだ。

すでに硬くなり、先の濡れた自分の性器を思わず襞に擦りつける。

指で散々弄った場所に、それがゆっくりと埋まっていくのを見つめた。

「あ、あ、あぁっ!?」

「ん、まだ、アディ」

「ん——ッあ、な、ん、や、それ、ぃやぁ……っ」

初めて拒絶するような声を聞いたが、もう止まれない。

「だ、めぇ……っだ、めっあ、や——っ」

「あ、あ——……挿る、アディ……もっと挿る」

「だめ、あ、あぁあっや、いやぁ……ディート、様……っ」

泣きながら呼ばれた名前に、全部を持っていかれた気がした。

ディートハルトはゆっくりすることなど考えられなくなって、一気に奥まで挿入する。

「——アッ」

悲鳴のような声が聞こえたけれど、すべてを埋めてしまうと、その狭い内壁に圧迫されてディートハルトも苦しくなる。ようやく、だ、と溜め息を吐きたくなった。

このまま暴れて、達したい。

　でも、永遠にこの時間を続けていたい。

　相反する感情が渦巻いて、自分の理性も壊れかけていることを知る。けれど震えて泣くアデリナを見て、もう一度達してほしいと本能が願っている。

「アディ……アディ、良くなって。良く、したいんだ……イったら、僕も絶対イく」

「ん……っや、うご、いちゃ、や……っ」

「ああ……無理。ちょっと動く。抜いて、またちょっと挿れるだけ」

「だめ……っん、あぁんっ」

　少し腰を引くと、アデリナの腰が浮いた。

　その反応がもう一度欲しくて、また押し込めて、引き抜く。

「あぁ、あんっ」

「……っふ」

　アデリナの反応するところが、もっと見たい。

　身体の中まで、奥まで知り尽くしたい。

　ディートハルトはアデリナが少しずつ快楽に沈んでいくのが楽しくなって、手で乳房を揉み、繋がった場所の少し上を指で捏ねた。

「あ、あぁあんっ」

「……っく、やっぱり、ここ、好き？」

「やぁっあっだめ、だめ——……っ」

ディートハルトは堪らず笑った。上体を倒し、必死に否定するアデリナに口づける。そうしながらも、軽く腰を揺らし続けた。

「……アディ、そんな顔して、駄目ってどうして嘘をつく？」

「やっあっん、んっや、や――」

「嫌じゃないって顔してる。僕の顔を見て、アディ」

「ん、ん……っ」

声はちゃんと聞こえているのか、涙に濡れたままの目がゆっくりとディートハルトをとらえる。目が合うだけでこんなにも嬉しいなんて、アデリナは気づいているだろうか。

「僕は、すっごく気持ちいい。アディも、一緒にそうなってほしい」

「ん――……っ」

ずるい、と睨まれている気がした。

しかしそれは、了承の意味だろう。

「アディ、好きだよ」

「あ、あっあっや、だめ……っ」

囁きながら、彼女がついさっき反応した場所を硬い先で擦り上げてやる。

すると、アデリナの脚がディートハルトの腰を挟み、逃がさないように強く押しつけてきた。細い手が自然とディートハルトに伸びてきて、背中に回ることに喜びを感じる。

「アディ……僕の、アディ、全部……っ、僕のに、してやる」

「あっあっやぁ、あ、ん、ん――っ」

最後には悲鳴を押し殺すような呻き声になったけれど、アデリナは確かにディートハルトにしがみつき、もう一度絶頂に達した。

内部の収縮に合わせて、ディートハルトも熱い飛沫を吐き出す。

「あー……、やっぱり、我慢できなかった」

するつもりもなかったけれど、言った通りになった。

呆気ないほどにも感じるのに、とても満足している。ディートハルトは嬉しくなった。しがみついてきたアデリナからくたりと力が抜けていることに気づき、目を細めた。

三度も達したことで、力尽きたのだろう。

その姿はただ眠っているときよりも扇情的だ。どこまでディートハルトを煽るのだろう。

そう笑いながら、ディートハルトもかつてないほどの至福に包まれて眠りについた。

四章

アデリナは目を覚まして、いつもと違うことに気づいた。

何が違うのだろう、とぼんやりとした頭を働かせているうちに、肌に違和感を覚えた。寒くはなかった。けれど、布団に包まれた温もりとは違う。肌に触れるものがいつもの夜着ではない、何か違うものだ。

何度か目を瞬かせ、視界をはっきりさせると逞しい胸板が見えてくる。

「――――」

驚いたが、咄嗟に息を殺して視線を上げると、そこにいたのはディートハルトだ。

長い腕がアデリナの背中に回っている。彼にしっかりと抱きしめられてそのまま眠っていたようだ。身体は、直接肌が触れ合っている。ふたりが裸で抱き合っている事実に、アデリナは一瞬で昨夜の出来事を思い出し、昨日よりもさらに全身が真っ赤に染まった。

「……っ」

驚きを通り越して声も上げられない。

しかしこのままではまともに考えることもできない。

だからどうにかして逃げ出したいのに、強く抱きしめられていて動けそうにない。そもそも、少しでも身じろぎすると、相手の肌と自分の肌が擦れてもっとおかしくなりそうだった。

まとまらない思考の中で、アデリナは現実逃避をし始めていた。こんなに強く抱きしめていて疲れないのだろうか、とディートハルトの心配をしかけていたところで、長い睫毛に縁どられた瞼がゆっくりと持ち上げられる。

逃げることもできず、その視界に入るのを待たなければならないなんていったい何の拷問だろう、とアデリナは震えながらディートハルトが目覚めるのを待った。

「……アディ、おはよう」

「……えっえ、ん、う――っ！」

目を開けて、まるで子どものようにふにゃり、と笑った瞬間、ディートハルトは子どもらしからぬ淫らな動きでアデリナの唇を塞いだ。

その後、なんとかディートハルトの腕から逃げ出し、床に落ちた服を手にしたころには、すでに全力で長い距離を走ったくらいに体力を奪い取られていた。肩で息をするアデリナに対し、ディートハルトは平然と寝台の上で寛いでいる。

いったいどうしてそんな態度がとれるのか。

アデリナのほうは昨日のことを思い返すだけで、羞恥と愚かさでどこまでも沈みそうになってしまうのに。昨日の自分が何を考えていたのかよくわからない――いや、わかってはいる。

わかるけれど、わかりたくない。

昨夜のディートハルトの態度は子どもが甘えていたのでも、自分を姉や母のように思ってのことでもなくて、ひとりの男性としての気持ちが表れたものだった。自分をごまかしてみても事実は変わらない。アデリナはそれを受け入れて、身体を許し、自分がわからなくなるほど快楽に落ちた。

そんなことをしてしまった後でどんな態度をとればいいのか。

「アディ、そのまま起きる?」

早く着替えてここから逃げ出すことばかり考えていたアデリナは、ふと自分の身体を確認する。そういえば、昨日は湯浴みをしていなかった。

そんな状態の身体を見せてしまったという羞恥心が湧き上がったすぐ後に、全身を舐められたことを思い出し、顔が青くなる。

アデリナは一気に浴室に駆け込んだ。昨夜湯浴み用に張ってあったお湯はもうすでに冷たくなっていたけれど、構わず身体にかける。火照り過ぎの頭と身体にはちょうどいいくらいだ。何度か水をかぶった後で、ようやく冷静になったころ、身体の変化に気づいた。

脚の間が、なんだか痛い。そして月の物が来たときのような感覚が残っている。

まさか中に――

考えて、あり得ないことでもない、とアデリナの顔から血の気が引いていく。ディートハルトの想いに流されたというより、そのすべてを受け入れたという自覚があるアデリナには、このまま付き合ってしまう、つまり恋人になるということが理想だけれど、まだ残っている理性が自分の愚かな考えを堰き止めていた。

アデリナは「黒屋」の店主で、平民だ。

ディートハルトは今は「黒屋」の護衛だけれど、貴族だ。

この生まれ持った身分の差は、アデリナの気持ちだけではどうにもならない。

好きだ、という彼の熱い声が耳に蘇る。その気持ちが嘘だとは思わないけれど、永遠に続くとも思わない。つまり、一過性のもので、ディートハルトは彼の気が済めば去っていくかもしれない。そしてそれを、アデリナに止める術はない。

自分の想いが実るはずはないと、常識的な頭では理解して後悔すらしているのに、女性としての喜びを知ってしまった身体は喜んでいた。しかもその相手が、自分の理想ど真ん中の人で、強くて優しくて、さらに可愛かったりもする。

この年になってこんな素敵な人と出会えて、想いを寄せられるなんて奇跡に違いない。けれど手放しで喜べるわけでもない。

いや、そんなのは贅沢だわ。ありがたいと思わないと――

そう考えるが、そんなふうに自分を卑下したくもないと緩く首を振った。

アデリナは悪くない。ディートハルトも悪くない。ただ、この想いに出口を見つけられない自分が悲しいだけだ。泣きたくもないのに、涙が溢れ出す。アデリナはしばらくの間、結末の見えない虚ろな感情に身を任せた。

それから丁寧過ぎるほど身体を綺麗に洗って、新しい服に着替えると、まだ寝台に転がっていたディートハルトに声をかける。

「ディート様、湯浴み、されますか？　お湯は沸かしてないので、少し時間がかかりますけど」

「ん、別にいいよ。僕ももう起きる。水を浴びるからいい」

「そうですか……では、私は仕事があるので、先に下へ行ってますね」

アデリナはそれだけ告げて、相手の返事も聞かずに背を向けた。

簡単な会話だった。昨日のことなど何も気にしていない、というような態度だったはずだ。

嬉しくもない、悲しくもない、普通の態度。

自分を取り繕うのがこんなにも難しいなんて想像もしていなかったけれど、これが今のアデリナにできる最善策だ。

冷たい水で自分を清めながら冷静に考えたアデリナは、何もなかったことにするのが一番いいという結論に至った。この先、ディートハルトがどう出てくるかわからないのが不安だけれど、次にまた同じように求められても、今度はちゃんと断れば済む話だ。

心が少し痛むのは、気のせいではない。わかっているけれど、このままディートハルトに溺れてしまえば、きっともっと痛い目に遭うだろう。

アデリナは強く心を決めて、厨房に下りた。

そこにはすでにカルが来ていて、先に仕込みを始めていたようだ。

「おはよう、カル」

「おはようアデリナ」

挨拶をすると、すぐに自分の持ち場を確認する。

朝はやることがたくさんあるのだ。

アデリナは仕事に集中できることに感謝して、調理にとりかかった。

そうしていると、いつの間にかディートハルトも店に下りてきていたようで、すでに店の外を見回った後のようだった。今日もゴミ掃除をしてくれたのだろうか、と気にしたアデリナにディートハルトは今日も小さな花を差し出した。

「ディート様？」

「うん、今日もゴミは片づけてきたよ」

「まぁ……すみません、ありがとうございます」

アデリナは本当に小さな花を受け取りながら、謝罪をすればいいのかお礼を言えばいいのかわからず、どちらも口にしたけれど胸の中は温かかった。想いを寄せている相手に花をもらえる喜びは、他の何ものにも代えられないものだ。

ゴミ掃除をさせたなんて、やはり貴族にそんなことをさせたと気が引けるが、実際この時間アデリナに外を回る時間などないことは確かだ。それにディートハルトは特別大変なことをしているつもりもないという様子で、さらに花を摘んでくる気遣いまでしてくれる。

やめろと言う理由も上手く見つけられないのに、やめられるとこの贈りものももらえなくなるかもしれないと自分の浅ましい気持ちだけ湧き上がり、自分のいやらしさにアデリナは呆れた。

　自分の気持ちに葛藤するほど悩んでいても、ディートハルトはまったく気にしていないようで、昨日と同じように厨房に入り、野菜を手にした。

　結局、深く考えすぎる自分が勝手に期待をしているだけだと、少し落ち込みながら仕込みを再開する。

　ディートハルトは自慢していただけあって、本当に上手な手さばきだ。芋の皮を剝くときの薄さなどは、カルも唸るほどだった。

「自分のナイフだから。慣れるとこんなものだよ。あ、切る前には毎回ちゃんと消毒してるからね」

　自分が特別器用なわけでもない、とディートハルトは言うが、料理をしたことのない人間がこれだけできれば見事なものだ。それに、調理で使うための気遣いがあるのもありがたい。ディートハルトが手伝ってくれるので、朝の仕込みの時間が短縮される。おかげで三人揃ってゆっくり朝食をとれるが、ディートハルトの様子はまるで昨日と同じだった。昨夜のことなどなかったかのように思える。

　アデリナは自分が情けなくなった。なかったことにしたのは自分なのに、いざ彼からそんな態度をとられると心が苦しいなんて、わがままにもほどがある。

　鬱々（うつうつ）とした気持ちを抱えながら、アデリナは必死に冷静を装った。

　けれど、最後に出勤してきたヘルガだけは目敏（めざと）かった。

「……アデリナ」

小さく呼ばれ、それだけでバレてしまっているのだとわかる。

他の誰も気づいていないというのに、彼女はまさか人の気持ちが読めるのだろうか。

ヘルガは何かを言いかけたものの、諦めたように溜め息を吐き、優しい眼差しを向けてきた。

「自分を大事にしなさい。それだけは守って」

「ヘルガ……」

彼女の気遣いに、押し込めたはずの気持ちが溢れそうになる。けれどちょうど開店の時間となり、そんな感傷に浸っている暇はなくなった。

今日はいつも以上に客入りが多く、そのあまりの忙しさに、昨日は様子を見ているだけだったディートハルトまでも給仕の手伝いをしてくれていた。服装は平民のそれであっても、隠しきれていない上品さが、数少ない女性客の目を引いていた。女性の客が増えそうなことは「黒屋」にとってみればありがたいことなのに、アデリナの心にずしりと重石がのしかかる。その意味を理解することが嫌で、アデリナは仕事に集中することで必死に逃げた。

慌ただしい昼を終えて、皆で揃って賄いを食べている間、アデリナは夕方の仕込みを考える。昼に黒シチューが思っていたよりも出たので、いつもより多めにつぎ足しておかなければ、と思っていると、隣に座ったディートハルトが声をかけてきた。

「アディ」

「……あ、はい?」

料理のことに没頭し過ぎて、会話を聞いていなかった。ディートハルトは、視線で店の外を示す。

「お客さんだよ」

「え？」

ディートハルトが呟くと、同時に入口の扉が開いた。

まさかまたベルノが――

思わず身構えてしまったけれど、現れたのは知らない少年だった。

「アデリナさん？」

「え？　私？　何かしら……」

名前を呼ばれて首を傾げながら近づくと、少年は手にしていた箱を差し出してくる。

「渡してって頼まれたんだ、これ」

「……私に？　どなたから？」

「名前は開ければわかるって言ってた。それだけ」

少年はアデリナが両手で抱えるほどの大きさの箱を渡すと、用は済んだとばかりにさっさと店を出て行ってしまう。何の挨拶もなく、アデリナからのお礼も受け取らずあっさりとしたものだった。ディートハルトがその背中を見送るように、扉から半分身体を出しているけれど、追いかけるわけではないようだ。

そのうちにアデリナの傍に戻ってきて、手に残った箱を一緒に見下ろす。

「それ、何？」

「さあ……？」

「とりあえず、開けてみたら？」

カルに勧められ、アデリナが箱を左右に振ってみると、少し重さのあるものが揺れに合わせて移動するのがわかる。

「アディ、ちょっと待って――」

その音を聞いたディートハルトが待つように声をかけてきたが、そのときにはすでにアデリナは片手で箱の底を抱え、もう片方の手で蓋を開けてしまっていた。

その瞬間、声にならない悲鳴が喉をついて出る。

「――――ッ!!」

自分の意識が何を見ているのか、何をしているのかがわからなくなり、箱を床に落としてしまった。

「アディ！」

「アデリナ!?」

驚いたのは、他の全員も一緒のはずだ。

床に落ちた箱から転がったのは、小さな丸い、猫の首だったからだ。

何かで切り落としたのだろう、血がべっとりとついたままだった。

「…………ッ」

アデリナは箱を落としたまま、指先さえ動かすことができなかった。

「アディ、アディ？」

「アデリナ、大丈夫!?」

ディートハルトやヘルガたちの心配そうな声が聞こえるけれど、アデリナの視線は床に縫いつけられたままだ。

剝製(はくせい)や人形などではない。アデリナはこの猫を知っていた。昨日まで、毎日のように店の裏口へ来ていた猫だ。食堂なので、店に入れるわけにもいかなかったし、飼えるわけでもなかったけれど、小さくて温かく柔らかな存在は、少し撫でるだけでアデリナを癒やしてくれていた。

その猫は、もう鳴くこともなく、食べることもなく、すり寄って来ることもない。

アデリナの視界から、その猫を隠したのはメルだった。大人の怒鳴り声には怯える彼女が、すぐにその猫の首を取り上げ箱に戻し、もう一度蓋をした。

無残な姿は見えなくなったけれど、アデリナの脳裏には箱を開けた瞬間の猫の顔が焼きついたままだ。

「……っなん、なんで、どう、して――」

こんなことが起こるのか。これも嫌がらせのひとつだというのか。

店に何かをするわけでもなく、小さな命を簡単に奪い、こんなふうに当てつける。

いったい何がしたいのだろう。

アデリナの心を痛めつけるというのなら、最初の嫌がらせから効いているというのに。さらにこれで、深く抉(えぐ)られたように感じた。

「アデリナ、しっかりして！」

「私——私の、せい、で」

ヘルガにしては珍しい焦りの声が聞こえるが、意味はよくわからなかった。

あの猫は、とっても可愛い子だった。決して、あんなふうに死んでいいはずがなかった。アデリナに関わってしまったばかりに、こんなことになった。

痛かっただろうに——

アデリナは、息絶えた猫の顔がまだそこにあるような気がして、床から目を離せなかった。じわりと視界が潤んでくるが、泣いてもあの猫は戻ってこない。

しかし、どうしたらいいのかがわからない。

「アディを上の部屋に連れて行く。夕方からは頼めるか？」

「それは、なんとか——シチューは、終われば完売でもいいし」

「少し早めに閉めてもいいわ。材料がなくなったときは、時々そうしてきたもの」

目の前の会話はちゃんと聞こえているのに、アデリナにはその意味がうまく受け取れない。

「その箱は裏に置いておいて……おいで、アディ」

「……私」

「いいから」

強引にディートハルトに肩を抱かれ、引っ張られるように歩かされた。しかし途中から抱き上げられて、向かった場所が自分の部屋だと気づいたのは、扉が閉まって他の声が聞こえなくなってからだった。

「アディ、僕を見て」

「…………」

声がするのに、誰の声なのか、すぐには思いあたらない。耳は舌打ちしたような音を拾ったけれど、その意味も考えられなかった。

すると突然、強引に顔を上に向けさせられて、唇が塞がれる。強く押しつけるだけでなく、ゆっくりと口の中に何かを忍ばせてくる。その感触から徐々に自分の感覚が戻ってきて、それが舌だと気づいたころには何をされているのかをはっきりと理解した。

「……っん！」

深く口づけられている、と思ったときには、相手が誰なのかもわかった。

ディートハルトの端正な顔が間近にある。アデリナは咄嗟に離れようともがいた。今こんなことはしたくなかった。

「んーッ」

しかし彼の力にそう簡単に対抗できるはずがない。

痺れるような甘さを残す口づけに、アデリナは抵抗しなくてはいけないのに、なぜか縋りついてしまう。

彼の逞しい肩口に手を回し、その服を握りしめる。震えるほど強く摑んだところで、ようやく口が解放された。

「……アディ、泣かないの？」

「……私、は」

「泣いていいはずだ」

「私、は……泣くなんて、そんなこと」

そんな資格はない――

自分と関わったばかりに殺されてしまった小さな猫。

涙は悲しみも流してくれるんだよ、と教えてくれたのは父だ。

けれどこれは、泣いて終わらせていい悲しみではないはずだ。

泣けないと言い張るアデリナに、ディートハルトは笑った。

「アディは強情だな。わかった」

何がわかったのだろうと、アデリナが鈍い瞬きをすると、いつの間にか、かなりの至近距離にディートハルトの顔があった。

「泣かせてあげる。心から、全部グズグズになるまで、僕が泣かせてあげる」

「――――」

そんなことは望んでいないのに――

アデリナの心の声は、ディートハルトには届かないようだった。もう一度彼に抱えられ、下ろされたのは敷布がくしゃくしゃになったままの寝台の上だった。

これから何が起こるのか、わかっているけどわかりたくはなかった。

なぜなら、アデリナは泣きたくなかったからだ。

＊＊＊

泣かせる、と言った以上、ディートハルトは全力で泣かせるつもりだった。

どうやったら昨夜以上に泣くだろう？

寝台に倒したアデリナのスカートの裾から手を入れ、迷わずドロワーズを足から引き抜く。すぐさま秘所に手を当てると、昨日と同じように何度も解すように指で捏ねた。

「ん、ん……っ」

アデリナが抵抗しないのは、まださっきのショックから立ち直っていないからだとわかるが、それも今は都合が良い。身体を固くしたまま声を押し殺して震えるアデリナのスカートを捲り上げてそのまま脚の間へ顔を埋めた。

「あ、や、だめ……っ」

慌てて制止してくるが、そんなものは抵抗のうちには入らない。

こんなに弱々しいのに、料理をするときには力が漲っているように見えるのが不思議だ。

そしてその料理は、美味しい。毎日食べたいと思うくらい美味しい。

「でも……ここも美味しそうだ」

「ん、ん――っ」

ディートハルトは秘所を口いっぱいに含むと、舌を伸ばす。襞の中を舌先で何度もくすぐってから、指をその中に埋めた。

「あ、あ、あ……っ」

昨日よりも襞の締めつけは強いが、それでもやめる気はない。

奥に届いた指先が、ぬるりとしたものを感じ取ると、思わず笑みが浮かぶ。

これは、僕のだ。

自分の残滓を確信すると、指でゆっくりと抽挿を始め、芯を舌で絡めるように舐めた。

「あ、あ――っや、あぁんっ」

アデリナの甘い声はディートハルトには媚薬そのものだ。もっとそれが欲しくなってディートハルトは顔の角度を変えて指を曲げながら執拗に秘所だけを責める。

そのうちに、指を二本に増やす。さらに強い締めつけを感じるが、中はまるで誘うように蠢いていて、ディートハルトは抽挿を速めた。

「あ、あぁ……っ」

アデリナが苦しそうな声を上げ、びくびくと震える。達したのだ。

秘所から指を抜くと、もう充分過ぎるほど濡れていたが、ディートハルトは満足しない。

彼女の身体は愛撫に応えて簡単に啼くのに、心は強情だ。

「もっと、泣かなきゃ、アディ」

「ん、んっ」

潤んだ目尻からはアデリナが瞬くたびに滴が零れ始めていたけれど、これでは足りない。

アデリナの身体をうつ伏せにして膝を立てさせる。下りてきたスカートをまた捲り上げると、濡れた場所がよく見えた。

「——っや、あぁっやだ、いや、こんなの……っ」

たった今理性を取り戻したように、自分の格好に気づいたアデリナが慌てて身じろぎする。

「逃げちゃ駄目だよ」

ディートハルトはその腰を押さえつけると、おもむろに秘所へ顔を埋めた。

「んあぁっ」

強く臀部(でんぶ)を摑んだ掌から、びくびくと腰の跳ねる振動が伝わる。

充分過ぎるほど濡れる襞をさらに広げ、秘所に何度も舌を這わせ、指を埋めながらも中を舐める。

「んぁ、あぁぁっや、いやぁ……っやめ、やめて……っそん、なの、いやぁ」

自分の中の感情も否定するように、その快楽を止めてと必死に顔を振り乱すと、雫が飛び散る。抵抗する声は、すでに泣き声そのものだ。

アデリナはそのまま敷布に顔を埋めるが、くぐもった声は漏れ聞こえてくる。

頬が上気して、身体の熱も上がっているはずだ。恥らって泣く彼女の姿は、ディートハルトを興奮させる何よりの媚薬だ。

もっと、泣かせたい。

くちゅくちゅと音を立てながら執拗に秘所を責め続けると、敷布を濡らすほど雫が滴ってくる。それに合わせて、アデリナの泣き声もしゃくり上げるようなものからすすり泣くようなものに変わる。泣き声に合わせて、肩が微かに揺れていた。

彼女の膣は、すでにディートハルトの指を受け入れ、嬉しそうに蠢いている。付け根まで入れてかき混ぜてみると、また叫ぶようにアデリナが泣いた。

「ひあぁぁっ、あ、あぁあっやめ、あ、やぁぁ……っ」

このままもう一度イけばいいと思いながら強く吸い上げると、その通り、アデリナはもう一度達した。びくん、と震えた身体は、そのまま力をなくしたように崩れる。

目を閉じて寝台にうつ伏せになって動かない。

ディートハルトは気を失ったらしい彼女の姿を見つめながら、愛液で濡れた自分の唇を舐め、ついでに指についた雫も舐めとった。

「……甘いな。アディは、どこも、何もかも甘いね」

それからアデリナの服を脱がせにかかってから、今朝のことを思い出した。

朝起きたとき、ディートハルトはとても幸福な気分だった。アデリナの柔らかい身体が自分の腕の中にあったからだ。起きて恥じらう彼女の姿も非常に可愛らしかった。このまま、自分の顔がだらしない笑顔のまま固まってしまうのではないかと思ったほどだ。

アデリナが一度平静に戻り、昨夜の交わりをなかったことにしよう、とする姿もまたディートハルトの遊び心をくすぐった。恥じらい、必死で身体を隠し逃げ出そうとしながら、裸のまま何も隠しもしないディートハルトを意識している彼女の姿は新鮮だった。

しかし夜になれば、昨日よりもっともっと深くまで繋がろうと決めていた。

「なかったことにする」なんて考えられないほどに、自分を刻みつけるつもりだった。

そんなことを思いながら、少々浮かれた気分で昨日と同じように店の外の見回りをしようと裏口から出ると、扉の外に何かの死骸があった。

一瞬、何の死骸かわからなかったのは、頭部がなかったからだ。周辺に血溜まりがないところを見ると、どこかで殺されて、身体だけここに捨てられたのだろう。そしてそれがなんであったかを、ディートハルトは知っていた。

この黒と茶色の毛並みには見覚えがある。つい昨日、アデリナに撫でられていたあの猫には嫉妬心を覚えていたからよく観察していたのだ。

正直、どこかへ行ってしまえばいいとは思ったけれど、こんな有り様を見てしまうと、アデリナが悲しむかもしれないと複雑な気持ちになる。

しばし、どうすべきか考えていると伝令役が近づいて来た。片づけの道具を手にしているところを見ると、ディートハルトより先に見つけて始末するつもりだったらしい。

　外を見張っていたこの男ならば、何か知っているかもしれない、と先に声をかける。

「これを置いていったヤツを見たか？」

「はい、その男を追跡していたために……こちらの始末が遅くなりました。申し訳ありません」

「そうか、まぁいいけど。誰だった？」

　伝令役は時間を無駄にすることなく、猫を片づけながら、報告を続ける。

　双子の兄と同じくらいの年だが、ツァイラー家に仕えている者なら優秀なはずだ。

「ダンテ商会に戻っていきました。あそこは貴族からの後ろ暗い依頼を引き受けることで、その筋では有名です」

「依頼者は？」

「そこまでは、まだ」

「わかった。それも含めて兄さんに報告してくれる？」

「はい」

　その場に死骸の痕跡がなくなったのを確認してから、ディートハルトは店の中に戻った。

　それで安心していた自分の愚かさを罵りたくなる。アデリナは、可愛がっていた猫の死を最悪の状態で知ってしまった。そして泣くことのできない彼女の気丈さが、ディートハルトにはもどかしかった。

泣けばいいんだ。

アデリナのせいではないと皆わかっている。だからただ猫が死んで悲しいと、泣けばいい。それが普通のことだとディートハルトにもわかる。泣くことで、気持ちは落ち着くものだ。そうやって、皆、受け止めきれない現実と折り合いをつけている。

だからもっと泣いてもらわないと。

その顔を見るのは自分だけなのだから、他の人の前で泣かなくていいくらい泣き尽くしてもらわないと。

服をすべて剝ぎ取り、ディートハルトを魅了してやまない身体を、全身ゆっくりと眺めて、思うまま触れて楽しんだ。

どこも柔らかくて、温かい。

この感触はいったい何になるのだろう。たとえるものが他に思いつかないほどの幸福感が生まれる。

腕に抱いていると幸せに感じるのは、きっとディートハルトの想いのせいだ。アデリナを見て、触れて、彼女のことを想うだけで自分の心は熱く熟れていくようだった。

これが情熱というものだろうか。

これまで稽古以外で夢中になるものがなかったディートハルトには新鮮な気持ちだった。いろいろ考える彼女の小さな頭は、きっとこれからも複雑に考え続けるのだろう。それを壊してわからなくさせて、自分のものにする。それが楽しみでならない、とディートハルトは嗤った。

乳房の下には、昨日の噛み跡がはっきり残っている。これにアデリナは気づいただろうか。今朝は慌ただしかったからまだ気づいていないに違いない。気づいたとき、どんな反応をするだろう。そう思うとまた噛み付きたくなる。

「ん……っ」

瞼を震わせる彼女の覚醒が近いと知りながら、胸の先に吸いついた。何度も何度も舐めながら腰から脚に執拗に手を這わせると、頂がもっと硬くなってますますやめられなくなる。

「ん、ん……っ？　あ、や、なん……っ」

「起きた？　アディ」

「え、えっあ、んっんっどう、して、ディート様……っ!?」

意識をなくしていた間も、ディートハルトに身体を弄り続けられていたと気づき、狼狽え、制止しようとしていたが、そんなことでやめてはやれない。

「もっと泣けばいいんだ、アディは……僕が泣かせてあげるって言ったよね」

「あ……っ」

アデリナは泣きたい理由を思い出したのか、その瞳に涙の膜を作ったが、それを零さないように堪えている。ディートハルトは胸から顔を離し、零れそうな涙をひと舐めして、身体を起こした。同時にアデリナの身体も引き上げて、自分の膝の上に座らせる。

そこで存在を主張する欲望の証が、どうしてもアデリナの目に入るのだろう。首元まで赤くしたアデリナはすぐに顔を背けるが、しっかり目にしたのはわかっている。

「これからだよ、アディ」

「んん……っは、んっ」

秘裂に性器を擦りつけるようにアデリナの腰を摑んで揺らすと、挿れたわけでもないのに身体が震えた。何度も強く擦りつけていると、次第に滑りが良くなってアデリナの顔が苦しそうに歪む。

「気持ちいい?」

「んく……っ」

逃げられず、自分で動くこともできないアデリナは、身体が倒れないようにディートハルトの肩に縋っているしかない。アデリナはうまく声も上げられないほど何かに耐えている。襞の間を、硬く熱い性器が動くだけで、彼女の身体はもう熱くなっていた。

もっと強い刺激をアデリナが求めているのがわかる。ディートハルトのほうも、擦るだけでは劣情を煽られるだけだが、彼女がちゃんと欲しいものを言葉にするまでは与えるのを我慢する。

「アディ……ずっとこのままがいい?」

「や……っ」

思わず、といった様子で声を上げてしまったアデリナは、自分の声に慌てたように顔を伏せた。

「アディ、顔を上げて……」

「んん……っ」

「お願い」

もう一度頼むと、羞恥を堪えたアデリナがゆっくりと顔を上げる。想像通り、紅潮した頬と潤んだ目がディートハルトを煽った。

喰らい尽くしてしまいたくなって、ディートハルトは唇を合わせた。口づけるだけでは物足りず、強く咥えて嚙み付くように激しく貪った。それに合わせて腰の動きが同じだけ執拗になる。

「んんぅ――……」

苦しそうなアデリナの声に、音を立てて唇を離すと、彼女の目からぽたりと大粒の涙が零れ落ちる。

アデリナが首を振ったのは、その涙が不本意だからだろう。

「アディ」

「あ、あっ」

下から腰を突き上げるように揺らすと、アデリナは身体が揺れるままに涙を散らした。

そのまま続けるともう我慢できなくなったのか、アデリナの理性が崩れ始める。

「ん……っんっあ、んっ」

その瞳からぽたぽたと溢れる涙は、一滴ずつ綺麗に光って頬を伝い落ちた。

ディートハルトの肩に縋りながら、膝を立てて彼の腰を跨いでいることをアデリナはわかっているのだろうか。

でもどちらでも構わない。自ら、淫らに腰を揺らしていることに気づいているのだろうか。ディートハルトはただ泣きながら身体を満たそうと本能で動くアデリナに魅入っていた。

「アディ……アディ？」

「ん、んっく、んっ」

唇を噛みしめるように泣き声を殺し、喘ぎを抑えるアデリナが堪らなく愛らしい。

揺れる乳房を揉み上げると、びくんと身体を揺らすことも楽しい。

ディートハルトは濡れそぼったアデリナの秘所に指を挿れ、深く入るところまで一息に押し込んだ。けれど押し込むと言うより、誘い込まれたと言うほうが正しいような感覚だった。

「あ、あ——……っ」

びくっと揺れたアデリナは、また達したようだった。

浅い呼吸を繰り返し、ぐったりと全身をディートハルトに任せる彼女は、泣き腫らした目をゆっくりと瞬かせている。

「アディ？」

「…………」

呼びかけても返事はない。ディートハルトは無理やり細い肩を支え、目が合うようにアデリナの身体を起こす。ディートハルトと合った目は、まだどこを見ているかわからないようなものだったけれど、瞬くたびに新しい涙が零れている。

「アディ、悲しかったら泣いて」

「…………」

アデリナの視線が今度ははっきりとディートハルトをとらえ、何度か瞬きをして涙を止めようとしていた。それにディートハルトは笑った。

「嬉しかったら、笑えばいいんだ。だから悲しいときはちゃんと泣けばいい……あの猫は、可哀想だったね」

「――……っ」

「アディはあの猫のために、泣く権利がある」

アデリナが小さく首を横に振ったのは、まだ彼女自身を責めているからかもしれない。

「まだ泣きたくない？　じゃあ、もっと頑張らないとね」

「……えっ」

アデリナが驚いた声を上げたのは久しぶりのような気がした。

はっきり意識が戻ってきたことがわかったが、ディートハルトは彼女の脇の下に手を入れ、その身体を持ち上げて膝の上で回した。後ろから支え、椅子に座らせるようにして、自分の上に座らせる。

「ほら、こうしたら……触りやすくなった」

「あ、あっん!?」

後ろから乳房を掬い上げるように摑むと、アデリナは前かがみにして身体を隠そうとする。けれどディートハルトはそれを強く後ろへ引いて許さない。

「駄目。全部触って弄ってあげる。アデリナがたくさん啼けるようにね」

「え、あ、あっあんっや、あ……っ」

片手を秘所に伸ばし、充分潤った中からもっと雫を搔き出すように指を送る。

胸を捏ねるように撫でられ、同時に秘所を責められることで、アデリナの身体はまたさらに熱くなり始めた。それと同時に、頭も熱くなっているのか、頰が赤く染まっている。

柔らかな髪を分け、真っ赤な耳たぶを食んで、首筋から鎖骨にかけてを舌で辿り、何度も啄んだ。

「ん、あっや、あ、あぁんっ」

ぐちゅ、とわざと大きな音を立てて秘所を弄ると、アデリナが甲高い声で啼く。その音が耳に心地良かった。頰に透明な滴がまた溢れて、ディートハルトは笑った。

「もっと泣いたらいいんだよ、僕しか見ていないんだし」

「あ、あっあっや、やめ、あ、そこ……っん――っ」

もっとおかしくなればいいと、ディートハルトは執拗に愛撫を繰り返した。未だ一度も達していない自分の性器はすでに破裂しそうに膨れ上がり限界にも感じたが、なかなか快楽に陥落しないアデリナを見ているともっと我慢していたくなる。

挿れてしまえばきっともっと気持ちいいのだろう。それはそれで、アデリナは泣いてくれるはずだ。

でもこれは、強情なアディを解すための大事な——

ディートハルトはそこまで考えて、こういうことを何と言うのだったかと、思いを巡らせる。

「あ、ひぁんっあんっ」

「——まぁ、いいか」

自分の上で乱れるアデリナを見ている今は、それ以上の思考は無駄だった。

難しいことを考えるのはさっさと諦めて、ディートハルトは時間をかけてアデリナを泣かせることに集中した。


その日、店の片づけが終わったのを、ディートハルトはアデリナの代わりに確かめる。

従業員たちはアデリナがいなくてもどうにか店を回せたようだが、やはり大変だったようだ。昨日より疲れが見える。

しかしそんなことよりも、彼らはアデリナを心配していた。

「ディートハルト様、アデリナは……？」

「ん、寝てる」

しばらく起きないだろうという意味を込めて答えると、ヘルガがなぜか頬を染めた。一階の店の喧騒では、二階の物音すらも聞こえなかっただろうが、何をしていたか理解しているのだろう。それを恥ずかしいとか隠そうなどとは思わない。

ディートハルトのすべきことは、アデリナを護ることだ。

それは怪我を負わせようとする外敵からも、精神的に弱らせようとする嫌がらせからも、自分を追いつめようとするアデリナ自身からもだ。

あれだけ泣いて発散すれば、かなり気持ちも楽になっているはずだ。思い切り泣くことは、気持ちを軽くすることだとディートハルトは知っていた。

幼いころ、泣けば優しい兄たちが助けてくれると知っていたから、ディートハルトは力の限り泣いた。案の定、泣き始めると皆慌ててやってきて甘やかしてくれた。

それに付き合ってくれた兄たちには感謝しているし、自分がいかに恵まれた環境で育ったか理解しているが、おかげでこんなに立派な甘えん坊になった。ディートハルト自身、それは自覚しているし、一方で、物怖じしない性格は自分の武器にもなっていると思っている。

でもアデリナは違う。

共働きの両親を、子供の頃から支え続けてきたに違いない。そして甘えることを自分に許さなかった。

若くして店を継ぐことになってしまうと、責任感がさらに強くなり人前で泣くこともなかったはずだ。アデリナを見ていれば、そんなことは簡単にわかる。

甘えを武器にできる自分とは違い、アデリナの必死にも感じられるその心を、ディートハルトは護りたいと思った。

家族はディートハルトの甘えを利用する性格を直したかったのだろう。ツァイラー家の男児が、武芸はともかく人前で堂々と甘える態度をとるのは困るらしい。それも自覚しているから、ディートハルトはこの先の道を考えた。

そして決めた。アデリナと出会っていなかったら、近衛隊に入るか傭兵稼業を継続するか、悩んでいただろう。

でも、ディートハルトはやりたいことを見つけた。

アデリナの傍にいたい。

それがツァイラー子爵家にとって都合が悪いことなら、ディートハルトは家を出てもよかった。そうしたところで、あの兄たちとの縁が切れるとも思わない。

だからこそ、ディートハルトはやりたいようにすると決めたのだ。

「アディのことは任せて。明日の朝にはちゃんと起こすから……ちょっと遅くなるかもしれないけど」

最後の言葉は、一緒に朝から作業するカルに向けてだったが、どうして遅れるのか理解した少年は少し顔を赤くしながらも頷いていた。

「それから、この嫌がらせの一件、僕のほうで相手を調べている。おそらく、すぐに見つかるだろう」

アデリナを苦しめる犯人も、その理由もだ。

これまで、ただ耐えるしかなかった「黒屋」の面々は、手際のよいディートハルトに驚いているようだが、ツァイラー家の力は武力だけではない。

幼いころからそれを教えられてきたディートハルトはわかっているし、詳細を教える必要はないが、彼らにもわかっておいてもらいたい。だがディートハルトは、アデリナがどれだけ苦しんだか、ちゃんと相手が理解するまで犯人に教え込まなければ納得できないとも思っていた。だから見つけて何をするのか、どう始末をつけるのかは敢えて口にしなかった。

「君たちは、気にせずいつも通り仕事をするといいよ」

迷いなく笑ったディートハルトに、彼らは少し怯えを目に浮かべていたようだけれど、反論はなかったから、安心するようにと念を押して帰路につかせた。

それを見送って、ディートハルトは明かりの落ちた路地に意識を向ける。兄たちとの連絡に使っている伝令役の男がそこで待っていた。

「どうだった？」

「雇っていたのは、バルテン子爵、ロルフ殿です」

「……うん？　接点が見えない」

店の前に死骸を置き、頭部だけを直接アデリナ宛てに送りつける手口は嫌がらせにしては手が込み過ぎている。半分野良のようだったあの猫は警戒心が強かっただろう。そんな生き物を殺すにはそれなりに技術も必要だし、胆力もいる。よほど恨みのある人物か、誰かに命令できる立場の者、つまり貴族だろうとは思っていたが、相手とアデリナとの関わりが見えてこない。

アデリナは、ディートハルトが貴族だと知っただけで驚いていたから、これまで他の貴族と関わったことはなかったと考えるほうが無難だ。どこかで知り合っていたのだろうか、と首を傾げるがわからない。双子の兄のように貴族がお忍びで食べにくることはあるだろうが、平民を相手にする食堂の主人と積極的に関わろうとする貴族は少ないだろう。

ディートハルトはバルテン子爵の記憶を呼び起こし、どんな人物だったかを思い返す。思い出せたのは、平民嫌いで気位が高く、資産を食いつぶし、数年後には社交界から忘れ去られているだろうと思われる没落貴族予備軍のひとりだということくらいだ。

「黒屋の客になっていたのか？」

「いえ……その子爵家に、しばらく前より平民の男が出入りしているようです」

「へぇ」

貴族以外は人でないと思っているようなバルテン子爵が、平民と付き合うとは珍しい。

しかし続いた答えに、ディートハルトは目を細めて口端を上げた。

「その平民は、アデリナ様の叔父であるベルノです」

「――ふぅん」

なるほど、そこで繋がっているのか、とディートハルトは納得する。

バルテン子爵が平民向けの食堂である「黒屋」を欲しがるはずはないだろうが、「黒屋」とのれん分けをしていながら、客入りが芳しくないベルノの店は、本家の「黒屋」の看板が欲しいだろう。

「黒屋」を潰すのではなく、「黒屋」の経営権を狙っているのかもしれない。

アデリナは「いつも心配してくれる叔父」と言っていたけれど、その親切心の裏にどんな欲望が隠されているのか、ベルノを探ればはっきりする。

ディートハルトは考えを纏めて頷いて、結論を出した。

「よし、絞めよう」

「お待ちくださいディートハルト様」

足を踏み出したディートハルトを止めたのは伝令役だ。心なしか慌てているようだが、必死なことは伝わってくる。

「それはお待ちになるように、とエックハルト様からのご指示です。証拠を挙げることが先、だそうです」

「証拠なんて必要ない。大元を絶ってすぐに終わらせてしまえばいいだろう」

「それは……どうか……」

ディートハルトをどうにか抑えようと顔を歪めている伝令役に、ディートハルトはなにやら弱い者いじめをしている気になって、仕方ない、と折れることにした。

「……わかった。今はエックハルト兄さんに従う。僕はもうしばらくアディの護衛でいることにする」

「……ありがとうございます。私は引き続き、斜向かいの家に」

伝令役の男が、猫の死体を片づけたときよりも緊張していたように見えたのは気のせいだろうか。そんなに自分は危なっかしいのだろうか。ディートハルトはそんなどうでもいいことを少し考えたが、考えていても仕方がないので、気にせず店に戻ることにした。

アデリナの傍にいれば、幸せでいられることに違いはないのだから、何をするのかは後で考えても遅くはないと気持ちを切り替えた。

＊＊＊

王都の貴族街の東側にある、バルテン子爵の屋敷の片隅に、夜更けにもかかわらず、まだ明かりの灯る部屋があった。

客間であるが、一番質素な部屋で、身分の低い者と会うための場所になっていた。

テーブルの上にある燭台の明かりを挟んで、ソファに座るバルテン子爵と、その向かいには、床に膝をつき、頭を下げるベルノがいる。

「うまくいったか？」

「はい……それは、おそらく。昼からアデリナは店に姿を見せておりません」

「うむ、効果はあったようだな……どうだ、相手を攻めるときは、一番わかりやすく、かつ効果的なものを用いることが重要なんだ」

「はい。お手本にさせていただきます」

　自分が指示を出したことがうまくいき満足している子爵と、彼に媚びへつらうベルノの会話は多くはない。

「その店、護衛が付いているのだったか？」

「はい……ただの雇われ傭兵でしょう。少し手荒になりますが、その手のことに慣れた知り合いがおりますので……」

「いや、その男も私が処分しよう。そうすれば、お前はすぐに店を手に入れられるな？」

「はい。子爵様は……」

「うむ。店主の娘を。楽しみにしているぞ」

「はい……アデリナも毎日あのような店で長時間働くよりも、子爵様に可愛がっていただいたほうが喜ぶでしょう」

　ベルノの言葉に、子爵はにやりと笑った。

「任せろ。心ゆくまで、可愛がってやろう」

　すでにそのときを夢想しているのか、楽しそうに笑うバルテン子爵に簡単な挨拶をして、ベルノは早々に屋敷を後にした。

その背筋はぴんと伸びていた。つい先ほどまで背を丸めていた男とは思えないほどの堂々とした歩き方だった。暗い夜道を手元の小さな明かりだけで進むその顔は子爵への憎しみを隠さないものだった。

「まったく……これだから貴族という輩は。持ち上げてやらなければ何もできない木偶の坊くせに」

ベルノは顔を顰めたまま、暗闇を睨みつけた。

「今にみていろ……アデリナも、アルバンも。私をこけにしたことを、後悔させてやる」

その呟きは、彼が家に帰るまでずっと続いていた。

一方、ベルノとバルテン子爵を見張っていたツァイラー家の者は、ベルノの愚痴を聞き続けた。ベルノが家に入るのを見届けた後、主人に伝えるために、その者もひっそりと闇に消えた。

五章

微睡(まどろ)みの中にいたアデリナは、自分が揺れている夢を見た。その揺れが次第に強くなり、夢ではなく現実に身体が揺れているのだと気づき、覚醒(かくせい)する。

「ん……ん、あ、ん？」

身体がぐっと押し上げられたのは、内側から突き上げられたからだ。

早朝の寝台の上で、アデリナは背中から大きな身体に包まれているのを感じた。さらに逃げられないように前に回された手で、胸や腰を執拗に撫でられているのに気づく。同時に、ふたりの身体が繋がっていることを理解し、目を瞠(みは)った。

ぬるぬると自分の中で抽挿を繰り返しているのは、硬く熱くなったディートハルトの性器だ。

「あ、あ、あぁっ!?」

いったいどうして、こんなことに、と起きたばかりで状況判断ができないまま戸惑っていると、宥めるように後ろから優しい声がかかった。

「おはようアディ。さすがに一晩我慢するのは無理だったみたいだよ」

「あっは、あっ!?　な、なにっん、や、ちょっと、ま、って、やめ、ん……っ」

後ろからぐりぐりと抉られて、浅く腰を揺すられると、アデリナは何も考えられなくなってしまう。すでに身体はディートハルトを受け入れ、気持ちいいとすら感じている。

いったいいつから自分はこんなに流されやすくなったのか。

「ディー、ト、様っま、って、待って、あっあっ」

「もう待てない。覚えてないの、アディ？　昨日、僕は結局アディの中に挿れられなかったんだよ」

「…………!!」

囁かれ、アデリナはどうしてふたりで寝台にいるのかを思い出し、赤く染まりかけた顔を青くする。

「わ、わた、し、私、あの……っん、あっもう、だめっ考え、が……っ」

「考えちゃ駄目なんだって。アディはただ感じていればいい」

「そんな……ああぁんっ」

一際大きく腰を引き、勢いよく最奥を突かれて、アデリナはディートハルトを全身で感じた。

全身の震えが治まらないほど追いつめられているというのに、ディートハルトは動きを止めようとしない。

「あ、あ、あっ、や、もう、や――……っ」

「アディ、僕の印をつけないと……っ」

ディートハルトが満足するまでそのままもう一度追い上げられて、アデリナはまた快楽

の渦に思考が巻き込まれ、理性が戻ってきたのはそれからずいぶん後のことだった。

ディートハルトに解放されたアデリナが、ふらつきながらも厨房に下りられるようになったのはいつもの起床時間の半刻後のことだった。きっともう先に仕込みに入っているだろうカルへの申し訳なさも含まれた怒りで、アデリナは顔を染めていた。

「アディ、大丈夫?」

階段を下りる途中で腰がくだけそうになり、思わず壁に手をついたアデリナを、すぐにディートハルトが支えてくれたけれど、感謝の言葉など言いたくなかった。

アデリナはその手を振り払うように放して、キッと強い視線で上段にいる相手を睨みつける。

「誰のせいだと……!」

昨夜、自分の意識がどこでなくなったのかアデリナはまったく覚えていない。けれど今朝は寝込みを襲われ、それどころか、汚れた身体を清めるためだと言い張られて浴室へ連れて行かれ、そこでもう一度なぜか心身ともにとろとろに蕩かされてしまった。

まだ、三日。

ディートハルトと出会ってからたった三日しか経っていないというのに、アデリナは今朝まともに立つことができなかった。

いったいなんでこんなことに。

あんなにも簡単にディートハルトに身を任せてしまった自分が情けなくて、自分に対する怒りが治まらない。

すでに仕込みを始めているカルと顔を合わせるのが辛い。いつもなら、アデリナが先に入って迎えるはずなのに。どうして今朝は遅かったのか、その理由を訊かれると答えに窮(きゅう)してしまう。

こんな状況を作ったのは、他の誰でもない護衛という名目でここにいるディートハルトだ。

護衛なのに、護る相手を追いつめることまでして！

最初は納得できなかったディートハルトの護衛も、食堂の邪魔になるどころか目の保養になると女性客は増えるし、仕事も手伝ってもらえているのだから、「黒屋」としてはありがたいと受け入れるほうが正しいのだろう。

流されてる私が、悪いんだけど――

アデリナは情けない自分を怒っていたが、同じだけディートハルトのことも怒っていた。

年下なのに、こんな、あんな、ことを……っ。

時折不意に脳裏に蘇る記憶は鮮明で、自分の悲鳴のような声すら耳に残っている。だからこそ、羞恥が怒りに加わり、年下に翻弄される悔しさも相まって、アデリナは今日のところは、ディートハルトに怒りをぶつけることしかできなかった。

「アディが仕事好きなのはわかるけど、今日くらいゆっくりしてもいいんじゃない？　カルには遅くなるって言ってあるし」

「…………!?」

さらりと何でもないことのように告げられた言葉に、怒りを忘れて愕然(がくぜん)とした。

その言葉を頭の中で繰り返し、意味を正しく理解したとたん、あまりの恥ずかしさにどこかに引き籠もってしまいたくなる。

つまり、カルは私たちが何をしていたかを――

知っているというのか、とアデリナは赤くなりながら青くなるという器用な顔色をしてしまった。混乱具合がよくわかるその顔を見たディートハルトが気楽な口調のまま声をかけてくる。

「アディのためでもあったし……そもそも僕は、アディが僕のものだっていうことを隠すつもりはないよ」

「……っ！　私は私のものよ！」

ディートハルトの言葉を素直に受け入れて喜べるほどアデリナは子どもではなかったが、余裕を持って受け流せるほど、大人でもなかった。そんな彼女にできたことは、憎々しげに言い捨てて厨房へ逃げることだけだった。

「お、おはよ、う？」

厨房には、案の定先に仕込みを始めているカルがいて、肩で息をしながら入って来たアデリナに驚いた後、心配そうに首を傾げる。だが、どこか安心したようにほっと息を吐いたのにも気づいた。

　心配をかけた――

　可愛がっていた猫の死は、アデリナの心を折るのに充分な衝撃だった。自分のせいで小さな命が奪われてしまった罪の意識に押しつぶされて、二度と「黒屋」の店主には戻れないと思うほどに。けれどディートハルトが助けてくれた。

　アデリナを、心ゆくまで泣かせてくれた。あんなにボロボロになるまで泣いたのは、父が亡くなって以来のことで、おそらく目もとはまだ赤く腫れあがっているはずだ。

　その悲しみを乗り越えて、今は怒れるだけの力がある。

　感情をちゃんと表せるのは、心が正常だからだ。アデリナの怒りがカルを安堵させたことはわかった。そうしてくれたディートハルトのおかげなのだから、感謝しなくてはならないともわかっている。ただ、彼のとったその方法が、アデリナにはとても感謝などできるようなものではなかっただけだ。

　だからアデリナの怒りは簡単には治まりそうになかった。

「元気そうなら、仕込みを始めるか？」

「ええ……遅れてごめんなさい。始めるわ」

「うん。あのひと……ディートハルト様は、また朝のゴミ掃除？」

「あ……うん、そうかも？」

さっきまでそこにいたはずだが、いつものように外へ向かったのだろう。アデリナは抱え込んだ怒りを逃がすように深く息を吐き、厨房に立つ。自然と気持ちが落ち着いた。やるべきことがわかっているからかもしれない。

冷静になった頭で、ふとアデリナは考えた。

そういえば、いつ、そして誰の怒りを買ったのか。そんなに憎まれるようなことをしただろうか、と仕込みの手を動かしながら考える。

誰かを傷つけるのは、誰かに傷つけられているからだとアデリナは思っている。

アデリナに何かをするのなら、アデリナが先に何かをしたのかもしれない。

そう思っても、あんな悪意を向けられるほどの何かをした記憶がない。

六年前、母を亡くしたときは、何もできなかった自分や周囲を恨んだこともあったけれど、他人に何かをした覚えはない。なにより、そのとき亡くなったのは母だけではない。王都中が混乱に陥ったのだ。悲しみよりも、病によって父まで亡くしてしまうのでは、という恐怖のほうが大きかった。

だが、その父も一年前に何者かによって命を奪われてしまった。王都の犯罪を取り締まる兵士も出てきて犯人捜しをしてくれたけれど、一年経った今でも見つかっていない。結局通り魔による犯行だったのだろうという結論に至ったが、悲しみ、憎しみ続けるよりもアデリナには「黒屋」の存続という現実があり、誰かを恨む暇もなかった。

父を殺した犯人が憎くないと言ったら嘘になるが、父がなにより大事にしていた「黒屋」を護っていくほうがアデリナには重要だった。

　そういえば、母が亡くなってすぐ、父は黒シチューの作り方を教えてくれるようになったのだが、もしかして父は、自分の命が長くないことを知っていたのだろうか。

　寸胴の中を見つめながらレードルでかき混ぜていたアデリナは、唐突にそんなことを思い、首を傾げた。

　私、どうしてそんなことを――

　それではまるで、父が自分の命を狙われていることを知っていたようではないか。

　そんなはずはない、とアデリナは首を左右に振って、目の前の仕事に集中することにした。黒シチューだけは失敗できない。

　祖父と同じもの、父と同じもの、昨日と同じものでなければ意味がない。

　湿度によって変える香辛料の配分こそがこの黒シチューの最大の秘密なのだが、アデリナも身体で覚えさせられていて、調理法としては一切残されていない。

　そういえば、叔父さんはこの作り方を知りたがっていたけれど――

　ベルノは父を亡くしたアデリナを心配して、一緒に店をやろうとまで言ってくれた。しかしいくらアデリナでも、目上の叔父をただの従業員としては扱えない。「黒屋」では黒シチューを作れる者が、店主という決まりがあったからだ。

「……ん、できた」

　完成した黒シチューは昨日と同じ味だ。味見をする瞬間はいつでも一番緊張するが、その後で同じくらいほっとする。今日は昨日店に出られなかった分を挽回しないと、と思っていたとき、ゴミ掃除に出ていたディートハルトが戻って来た。

入口の扉から足早にカウンターまで来ると、アデリナに言い放つ。

「ベルノとかいう叔父、もうこの店に入れるの禁止」

＊＊＊

アデリナを腕の中に包んだまま迎える朝は、やはり何度体験しても幸せだった。

昨日は昼間からアデリナを責め続けたが、ディートハルト自身は何も発散できていない。それでも幸福感を覚えたのは、起きてから何でもできると思っていたからだ。その気持ちに逆らうことなく、充分堪能した。一緒に浴室に入れたので、満足だ。

一晩かけて調べただけあって、ディートハルトはアデリナのどこをどうすればいいのか、もうわかっている。すぐに落ちるくせに抵抗しようとするなんて、可愛いだけなのに。その後で、冷静になってまた怒る姿も愛らしい。

アデリナだけは一生見ていても飽きないだろうな、と思う。同時に、まだ出会って三日ほどしか時間が経っていないことにも気がついた。しかしそれだけあれば、ディートハルトには充分だった。この先ずっと、アデリナが自分のものになることは決定している、と考えながら、厨房をそっと抜けて店の外へ出る。

気配を消して動くのはお手のもので、仕事に集中したいアデリナを慮ってのことだった。

店の周りを一周しようと歩き始めたところで、伝令役の男が兄からの手紙を持ってきた。すぐに開けて目を通し始めると、同時に口頭でも報告される。

「やはりバルテン子爵と、ベルノという男は繋がっているようですが、バルテン子爵より、このベルノという男のほうが何か裏があるようで、気になります」

「ふ、ぅん――そうだな」

手紙には、長兄のエックハルトと、双子の兄、それに近衛隊にいる次兄のゲープハルト、さらに隠居したはずの父もディートハルトのために動いてくれていると書かれてあった。

さすがだな、と思ったのは、その情報収集能力と、ディートハルトへの甘さの両方だ。ディートハルトを大人にすべく修行させているはずなのに、何かがあると全力で手を貸す彼らは、本当に愛すべきどうしようもない家族だった。

手紙には、バルテン子爵の狙いと、ベルノの野心について書かれてあった。ふたりとも目的があって動いているので、エサをちらつかせれば寄ってくるはずだ。

つまりベルノは「黒屋」、バルテン子爵はアデリナだ。どちらの目的もディートハルトには腹立たしい。すでにどちらもディートハルトのものだ。「黒屋」を自分のものにしたいと思ったことはないが、あの食堂はアデリナが大切にしているもので、アデリナはディートハルトのものなのだから、結果としては同じことだと思っている。

「ディートハルト様、兄上様たちにご連絡は」

伝令役が兄たちへの返事を待っていた。ディートハルトは足元にちょうどあった小さな野の花を一輪摘みながら答えた。

「兄さんたちには、昼頃に行くと言っておいて。その間は代わりにここを見張っておくように」

「はい」

頷いた伝令役が去るのを見送って、ディートハルトは店に戻った。

指先で芯を回して遊びながら、今日はゴミがなかったな、と少し物足りなさを感じる。次の手は何だろうか、と考え、できることなら待つよりも先手を打ちたかった。けれど末っ子のためにこれほど早く情報を集めてくれた兄たちにも敬意を払わなければならない。それでも、アデリナには忠告をしておかなければ。そう思い、厨房にいたアデリナに声をかける。

「ベルノとかいう叔父、もうこの店に入れるの禁止」

シチューがちょうどできあがったのか、大きな鍋に蓋をしながら、アデリナはまだ赤い目を瞬かせてディートハルトを見た。

そんな顔をしていると、とても年上には見えないし、年上だと怒ってきても効果はない。本当なら、そんな可愛い顔は誰にも見せたくなかった。けれどそれは無理だとディートハルトもわかっている。はい、と花を渡すと、目を瞬かせながらも受け取ってくれる。それに満足して、ディートハルトは苦言を続けた。

「ベルノとかいう叔父は駄目。あとクルトとかいう男も駄目。視界に入れるのも駄目。同じ空気を吸うのも駄目」

　ちゃんと言い聞かせておかなければ、人の好いアデリナは親戚だからという理由で何でも許してしまいそうだ。

　一度この店にきたベルノとクルトを思い出す。柔和な表情を保っていたベルノに対し、クルトは邪な感情を隠しもしていなかった。あの目を見た瞬間、男の顔の皮を剝いでやりたいと思ったが、アデリナの前でそんなことをするべきではないと自重できるくらいには、ディートハルトにも常識はある。だからこそ、店から追い出すだけで勘弁してやったのだ。

　アデリナはようやくディートハルトの言っている意味を理解したのか、花を見ていた赤い目をまた何度か瞬かせ、盛大に顔を顰め睨んだ。

「何を言っているの？　どうしてそんなこと」

「どうしてもなにも、当然だと思うけど」

「当然って何が!?」

　自分が狙われているのがわからないのだろうか。アデリナの呑気さは少し癪に障るくらいだ。もっとも、その性格をすぐに見抜いたからこそディートハルトはアデリナを籠絡することに成功したわけだが、それはディートハルトの想いが強かったからでもある、と思っている。

「僕が気に入らないから」

「はい!?」

何て言ったの、ともう一度繰り返させるような返事に、ディートハルトも眉根を寄せた。

「本当に心配だ。僕と出会うまで、無事だったことが奇跡に思えるよ」

「——き、奇跡って、そんなに心配されるほど子どもじゃないわ！」

「子どもじゃなくても心配はするよ」

心外だと言わんばかりのアデリナに、ディートハルトは、どうしたら理解してもらえるか考えた。

しばらくの間、触れると痺れるような空気が場を満たしたが、ディートハルトは絶対に自分の意見を覆したりはしない。この強い視線からするとアデリナもそうなのかもしれない。

今ここでその唇を奪ってしまうとどうなるのだろう。それも面白いかな、とディートハルトが考え始めたところで、横からおそるおそる「あの」と声を挟まれて、ふたり一緒に振り向いた。

厨房で仕込みをしていたカルが決死の思いで声をかけてきたようだ。

「……っえ、えーと、ディートハルト様は、どうしていきなりそう思われたんですか？あ、いえ僕もあのふたりが来なければいいと思っていますけど」

「カル！」

カルがディートハルトに賛同しているのが気に入らないのか、アデリナがすぐさま睨みつける。しかしカルの疑問はもっともだと思いディートハルトは率直に答えた。

「アディを狙っているからだ」

「え？」

「あ、やっぱり」

ディートハルトの答えに驚いたのはアデリナだけで、カルは納得したようだ。

「あれくらいで諦めるわけがないんだよ、アデリナ」

「でも……」

「あれくらいって？」

「親父さん……アデリナのお父さんで、前の店主のことですけど、その人が亡くなったときも、親切を装って、『店は任せろ』とかしつこく言ってきてたけど、あれは絶対この店を乗っ取るつもりだったと思います」

「カル」

はっきり言い切ったカルをアデリナが諫める。けれどそれ以上何も言わないでいるところをみると、アデリナもそんな気がしていたのかもしれない。

「クルトのヤツは自分がアデリナと結婚すれば丸く収まるとか言い出すし、ほんと、親父さんが生きてたらぶっとばされて、た……」

「へええ」

笑って相槌(あいづち)を打ったのに、どうしてかカルの言葉は消えそうになっている。その顔が青ざめているのを見て、ディートハルトは自分の殺意が隠しきれていないと気づいた。

「やっぱりクルトは駄目だね」

兄たちに止められないうちに処分したほうがいいかもしれない。

「アディ、少し出てくるよ。昼が終わるころには帰ってくる」

「え？　どこへ？」

「ちょっと用事ができた」

突然の行動をとるディートハルトを本当に驚いた顔で見るアデリナに、自分がいなくなることがおかしいと思ってくれているのだろうかと思うと、状況も忘れて自然と笑顔になった。

ディートハルトも離れたいと思っているわけではないが、この先アデリナと幸せになるために、憂いはひとつたりとも残していたくない。そこにまたカルが口を挟む。

「ええっと……それは明日からの店休日では難しいことですか？」

「店休日？」

初めて聞く言葉に首を傾げると、アデリナがそういえば言ってなかったかも、と教えてくれた。

「うちは月に三日、連休をとることにしているの。それが明日からなんだけど……」

「黒屋」ではずっとそういう決まりらしい。従業員はその日は完全な休日だ。アデリナもその日だけは自分のためだけに使うようだ。それはつまり、ディートハルトにとっては、アデリナを三日間独り占めできるという魅惑の言葉だった。それならなおさらこの用事は今日済ませておきたい。

「今日行って来る。休みの日はずっとアディと一緒にいたいから」

「…………っ!?」

アデリナの顔はすぐ真っ赤になる。そんな顔をするからまた口づけをしたくなるのだ。けれど、触れるとそれだけでは済まなくなるのはわかっているからディートハルトはしぶしぶ諦めた。ただ、釘を刺しておくのは忘れない。

「アディ、僕が帰るまで、外には出ないように」

「で、でな、仕事ですっ」

確かに仕事中のアディはほとんど店から出ない。

外でツァイラー家の者が見張っているとはいえ、いろんな客がやってくるからやはり不安だ。

「変な男には気をつけるんだ」

「変な男って……」

「ベルノもクルトも入れちゃ駄目」

「…………」

アデリナは念を押すその言葉に呆れつつも悲しそうな顔をする。きちんと約束を守ってくれるか不安が残り、ディートハルトはカルに視線を移した。

「ちゃんと見張っているように」

「え、う、は、はい」

少々心もとない返事ではあるが、ディートハルトはとりあえず満足し、店を出た。

その足でツァイラー家に向かったディートハルトは、残ったふたりの顔が複雑なままだったのには気づかなかった。


ツァイラー家まで、普通に歩けば一刻はかかる。しかしディートハルトはのんびり歩くつもりなどなかった。その半分の時間で三日ぶりに実家に戻ったディートハルトは、その足で長兄の執務室へ向かった。軽いノックをした後で、返事を待たず扉を開ける。

「エックハルト兄さん」

「……ディートハルト?」

「お前、どうしてここに?」

「アデリナに振られたのか?」

部屋には長兄だけではなく、双子の兄、ハルトムートとハルトウィヒも揃っている。

ちょうどいいとは思ったが、彼らの先ほどの言葉に目を据わらせる。

「自分に恋人がいないからってひがまないでよハルトウィヒ兄さん。ハルトムート兄さんも早く探さないと気位が高いだけのご令嬢を押しつけられるよ」

「……お前」

「……どこでそんなことを」

傭兵たちがそう言って双子の兄たちをからかい半分に心配していたのを聞いたからだ。

弟の辛辣な言葉に双子の兄は心なしか落ち込んだが、そんなことはどうでもいいとばかりに先を続けた。

「ベルノの家を知ってるよね。あとバルテン子爵家も」

「……知っていたら何だと言うんだ」

質問を質問で返したのは長兄のエックハルトだ。ディートハルトの答えなんてひとつしかないとわかっているだろうに、と苛立ちながらも簡潔に答える。

「さっさと始末してくる」

さっと顔色を変えたのは双子のほうだ。

「待て待て待て、お前は馬鹿か！」

「少し落ち着け、仕事を完遂するのに手段を選ばなくていいのは戦のときだけだ。それに相手は貴族だぞ」

呆れた顔をして諫めてくるが、この件が解決しないことには、アデリナはずっと狙われ続けるだろう。なにより、ディートハルト以外の男が彼女を見ているのが気に入らない。

「……ディートハルト」

エックハルトは執務机に肘をつき会話に耳を傾けていたが、溜め息をひとつ吐いて机を回り、ディートハルトにソファに座るよう促した。自分は向かいへ腰を下ろす。そして真剣というよりもどこか厳しい顔をして口を開いた。

「世間知らずでお子様なお前のためを思って、旅にも出したが、逆効果になるとは思ってもいなかった。それがわかっていたら、永遠に家から出さなかった」

「エックハルト兄さん……」

「それは」

長兄の言葉に驚き、心配そうに眉を寄せたのはディートハルトではなく、双子の兄たちのほうだ。

エックハルトの硬い声に、自分が今からしようとしていることについて、諫められているとわかったけれど、そんなことを言われても、大人しくできるはずがない。

ディートハルトはもう叱られっぱなしの子どもではない。成人し、ひとりで生きていけるだけの力を持っている。家族に甘えていなくても生きていける術も知っている。だから、エックハルトの真面目な顔を見て、きっぱりと言い返した。

「旅に出なくても、近衛隊に入るなら宮殿に詰めるだろうから、結局は家を出たと思うけど」

まったく空気を読まないディートハルトの言葉に、エックハルトは顔を顰めたまま、もう一度溜め息を吐いた。

「……お前はその女性に何を求めているんだ？　いや、何を教えられたんだ？　お前はこれまでも頑固だったが、あの店の護衛になってからさらに頑愚になったようだな。そんなふうになった原因が彼女だとしたら、こちらにも考えがある」

「僕は僕で何も変わっていないし、アディはとても素晴らしい人だ」

エックハルトがまさかアデリナを貶めるようなことを言うとは予想外で、ディートハルトは顔を顰めて相手を警戒する。

アデリナはこれまで見てきた女性たちとは違う。

貴族と平民の違い、ということではない。これまで旅の間に知り合った中には平民の女性だっていたし、傭兵という仕事をしていても女性たちから秋波を送られることはたびたびあった。けれど、彼女たちとアデリナの印象はまったく違う。もしアデリナが貴族だったとしてもディートハルトは夢中になっただろう。

初めて見たときから、ディートハルトの目はアデリナに釘づけだった。「黒屋」で再会してみると、ますます夢中になった。

背筋をぴんと伸ばし、物怖じせず相手の目を見て話す。

彼女の言動には温かみがあった。どんな客にも決して声を荒らげず、納得するまで話し相手を務めていた。客商売だからそんな対応は当然なのかもしれないが、仕事だからということではなく、相手に喜んでもらいたいという気持ちが彼女の根っこにあるように思えた。困ったことがあっても、頭を下げても決して屈しないのは、仕事に対して強い自負があるからだとも思っている。謝罪していたその姿すら、気品があった。

彼女が平民だと言うのなら、貴族とはいったい何なのだろう。傭兵仲間は貴族女性を「気位が高いだけ」と言っていたが、まさにその通りだと実感したのはアデリナを知ってからだ。

ディートハルトは、アデリナを見ているといつも笑顔になる。

アデリナは、この先もそのままの彼女であってほしい。苦しんだり困ったりするのなら、その原因をすべて排除したい。

ディートハルトがこれまで稽古を続け、鍛錬を重ねてきたのは、彼女のためだったのかもしれない。

愛しいアデリナが欲しい。

僕だけのものにしたい。

すべての感情を僕に向けて欲しい。

それは心からの願いだけれど、アデリナには「黒屋」にいる時間がとても大切なようだから、それを奪うことはできない。それを邪魔する者が、ディートハルトの敵であり邪魔な存在だ。

だからアデリナのために、いや自分のために、邪魔をする者は消してしまったほうが早いと言っているのに、この兄たちは弟の意見を受け入れてくれそうにない。

「兄さんは何も知らないくせに。いつも偉そうだ」

エックハルトを不機嫌な顔で睨みつけると、逆に厳しい視線で撥ねつけられた。

「今のお前を、いや前のお前でも、近衛隊になど出せるものか。そんな子どものようなことを言っている限り、この家から出すつもりはない」

「……！」

長兄がこんな顔ではっきりと言うときは逆らえる者などいない。

家長に逆らう者は、ツァイラー家では生きていけないからだ。ディートハルトは甘やかされてきたけれど、いや、甘やかされてきたからこそ、絶対許してくれないことはわかっていて、上手にそこを避けてきた。

けれど今回は、アデリナに関することだ。ディートハルト自身のことなら、これまで通り家長の命令に従っていただろう。しかしアデリナの傍にいられなくなるのなら、アデリナが傷つくかもしれないのなら、家長の命令でも従ってなどいられない。

「僕は――」

「ハルトムート、ハルトウィヒ。ディートハルトを格子部屋に放り込んで、私がいいと言うまで出すな」

ディートハルトが反論する前に、エックハルトは厳しい命令を出した。

双子の兄たちは躊躇ったものの、家長の言うことは絶対で、身体が先に従っている。

「嫌だ！」

言い返し、さっさと部屋を出て行こうとしたけれど、兄たちがふたりがかりとなればディートハルトの分が悪い。すぐに両腕を双子の兄たちに摑まれてしまい、全力で抗っても振りほどけない。

「放してハルトムート兄さん、僕はアディのところに帰るんだから！」

「駄目だ。エックハルト兄さんの言葉に従え」

「ハルトウィヒ兄さん、アディが捕まってもいいの？　傷ついてもいいって？」

「そんなことにはならない。大丈夫だ。お前の代わりはちゃんとやってやる」

「——そんなの、駄目だ！」

ディートハルトを安心させようと思った一言なのかもしれないが、それはディートハルトの逆鱗に触れる言葉だった。

アデリナのすべてはディートハルトのものだ。

笑うことも、怒ることも、困ることも、泣くことだってディートハルトのものになった。店で働く姿も、真剣に料理をする姿も、寝台の上で乱れる姿も、見る権利はディートハルトにしかない。少しの間だって、貸すつもりもない。

「ちょっと、じっとしてろ」

「じっとできるか！」

「暴れると怪我するぞ」

「させてみればいいだろ！」

一気に感情が沸騰したように暴れたのに、両側から押さえるふたりには関係ないようだ。

「安心しろディートハルト。お前が大人になるのなら、そのアデリナという女性はツァイラー家が護ってやる」

執務室から引きずられるようにして出る瞬間、エックハルトの冷静な声が追いかけてくる。しかしディートハルトの答えはひとつだけだ。

そんなこと、頼んでいないし納得できない！

「アディは僕のものだ！　エックハルト兄さん、手を出したら絶対に許さないからな！　他の男が見るのも駄目だからな！　絶対に絶対に、こんなの許さない――」

どれほど叫ぼうとも、執務室からの返事はなかった。

「放して兄さん！　エックハルト兄さん！　ちゃんと話をして！　こんなのひどい！」

静かな廊下で騒いでいるのはディートハルトだけだ。いつもはどこかしらにいる使用人たちも、こういうときはまったく姿を見せない。

格子部屋は三階の最奥にある、その名前の通りの部屋だった。

もともとはツァイラー家の子どもが悪さをしたときに入れられるお仕置き部屋だ。

大きな窓がふたつあるのに、窓の外には太い格子が嵌められていて人は出られない。入口の扉の内側に檻のような格子があり、出入口は錠がかけられる。食事の際は扉の下にある小さな窓のようなところからトレイを出し入れするようになっているが、もちろん人が通れる大きさではない。寝台がひとつと、小さな簡易浴室が備えつけられただけの部屋は、子どものころから兄弟たちの間では説教部屋とも呼ばれていた。

ディートハルトは双子の兄たちに力いっぱいそこへ放り込まれた。すぐさま受け身をとって立ち上がり駆け出したときには、無情な音を立てて鍵がかけられたところだった。

「ハルトムート兄さん！　ハルトウィヒ兄さん！」

がしゃがしゃと大きな音を立てて格子を摑んで揺すってみても、頑丈な格子戸が外れる様子はない。

「あの店が貴族から営業妨害されているのは事実だし、証拠を摑み次第バルテン子爵も捕まえてやるからな」

「じゃあこれから、アデリナのところへ行って来る」

「だからお前は、しばらくそこで頭を冷やすように」

「好きな女を心配する気持ちもわかるが、冷静になればエックハルト兄さんの言うこともわかるだろう」

そんなこと、わかりたくもない――

だが、力いっぱい扉を殴り、蹴ってみても壊れることはない。

呑気な言葉を残して出て行った双子たちを全力で罵りながら、こんな状態で放っておかれて冷静になる日など絶対に来ないだろうとディートハルトは家族たちを呪った。

「アディ――……」

ひとり残された部屋で、ディートハルトが想うのはやはりたったひとりのことだけだった。

会いたい会いたい。会いたい。

本当に会いたいひとを想うと、心がこんなに苦しくなるのか。

ディートハルトは小さな部屋で、自分の無力さを噛みしめて、本当に子どものように視界を揺らした。

＊＊＊

「え？　何？」

アデリナは昼の忙しさが一段落したところで、ふと振り返った。

そこにいたカルに、きょとんと首を傾げられる。

「何が？」

アデリナも同じように首を傾げ返しながら、問い返す。

「今、呼ばなかった？」

「呼んでないけど。ほら、昼食にしよう」

「そうね……」

昼の賄いは店の食台を従業員全員で囲む。父が亡くなった後も続いているこの習慣は、アデリナにとっては嬉しいものだった。決してひとりではないと安心できるからだ。

賄い料理を前に、メルが全員を見渡しながら口を開いた。

「あれ？　ディートハルト様は？」

過保護な兄のせいで大人の男性を敬遠しがちなメルにしては珍しく、ディートハルトのことを気にしている。

それに答えたのはヘルガだ。

「ちょっとご用があるんですって。またすぐに帰って来られるわよ」

「そうだな」

ディートハルトは貴族だ。たまに忘れてしまいそうになるが、やはり貴族であることに違いはない。だから彼にだって、家の用事があるのだろうとアデリナは納得している。むしろずっと平民の家にいることがおかしいはずだ。

それをヘルガには言っておいたのだが、全力で同意しているカルは、なにやら他に思うところがあるのかもしれない。

アデリナには不満だったが、出かける前にあれだけ執拗に外に出るなと言われたせいもあるのだろう。あんなに子ども扱いしなくても、とアデリナは恥ずかしさで頬が熱くなる。

その不機嫌さに、カルがまるで大人のような顔をして笑った。

「何?」

「いや」

笑っているのは、十中八九アデリナに対してのことだろう。だから思い出した怒りをそのままぶつけるようにカルを睨みつけてみたものの、相手には効果がないようだ。

「そんなに怒ることでもないじゃん」

「怒ってないわよ」

「怒ってる」

「怒ってるよね」

「怒ってるわ」

否定したアデリナを、全員で否定するように繰り返された。むっと唇を尖らせた後、これでは自分のほうが子どものようだと気づき顔を赤らめた。全員の目がからかいを含んでいるのがわかり、彼らに勝てるはずがないと溜め息を吐く。

「わかったわ。怒ってる。これでいいでしょう」

「怒るのはいいけど、ディートハルト様はアデリナのことを心配してくれているんだから、それを忘れないで」

「そうだね。最初は何考えてんのかさっぱりわかんない変な貴族だと思ったけどさ」

ヘルガとカルの言葉は、彼らがすでにディートハルトを心から信用しているのだとわかるものだった。まったくいつの間にそんなに心を摑まれてしまったのかと驚くところだが、アデリナも理解できてしまう。

すでに何もかも許してしまえるほど、アデリナ自身がディートハルトを受け入れてしまっているからだ。こんなにも遠慮なく怒っていることが、その証しかもしれない。

昨日、アデリナが二階でディートハルトと何をしていたのか、すでに全員が――年下の少女たちは詳しくではないにしても――知っているとわかって気まずい思いをしていた。

しかし彼らが何も言わないでいてくれるから、アデリナは怒りを抑えて呟く。

「そもそも、嫌がらせは続いてるかもしれないけど……四六時中護衛が必要なほどではないと思うんだけど」

しかし、皆の意見は違うようだ。顔を顰めてカルが口を開く。

「それはどうかな。動物相手に、あんなひどいことをできるヤツがいるんだぜ？」

アデリナは大きな存在がいなかった今日を過ごしてみて、改めて思ったことを口にした。

昨日のことは何もなかったかのように日常を送っているけれど、まったくの日常というわけでもない。全員が外を気にするし、客のひとりひとりを注意している気がする。

確かに、命を奪うようなことが起きるなんて想像もしていなかったアデリナは、相当なショックを受けた。それは皆も同じだったのだろう。

「そうよ。しばらくは警戒し過ぎがちょうどいいと思わなきゃ」

「しないより、するほうがいいよね？」

メルにまで言われ、アデリナもそうだけど、と頷く。

「変な貴族だけど、ありがたいことは確かだよ」

カルの言葉に全員が頷いた。けれど、アデリナには複雑な気持ちがまだ残っている。

ありがたいはずなのに、素直にお礼を言えない。その行為の内容がアデリナの予想をはるかに超えていたからだ。超え過ぎて、反対にディートハルトのせいでおかしくなりそうだった。

アデリナは朱に染まった頬をどうにか堪えなければ、と奥歯を噛みしめる。あんなことをするなんて思っていなかったし、したいとも思ってなかった。そもそも、ディートハルトは男女のことについて、年下なのに知り過ぎている。

いったいどこで覚えてきたのか――

そんなことを考えていると、一番年下のルゼが嬉しそうに言った。

「ディートハルト様、格好いいよね」

「――っ！」

それに吹き出しそうになり、堪えたのはアデリナ以外の全員だ。無邪気な少年の言葉に、素直に同意したいけれど、翻弄され続けるアデリナは素直になれない。

恥ずかしさが消えないからだ。

その恥ずかしさだって、開き直ってしまえるならなんてことはない。

アデリナ以外は、同じようにディートハルトを認め、一緒にいることを喜んでいる。アデリナはひとりだけ怒りを保っているのが馬鹿らしくもなって、気が抜けたように息を吐き、そして認めた。

「そうね、格好いいわよね……確かに」

自分の理想そのものでもある彼が、格好良いと思わないはずがない。初めて気持ちを否定せず、認めたアデリナに、皆が優しい笑みを向けたことで、また恥ずかしさが蘇ったが、頬を染めただけで言葉を覆すことはしなかった。

「黒屋」を護り、アデリナの心まで護ってくれるディートハルトは感謝すべき存在だ。認めたくないが現実はその通りだと納得したアデリナを見て、ヘルガがその心情をよく理解しているかのようににやにやと笑うので、睨み返してやる。

でもやっぱり、こんなにもからかわれるのは、ディート様のせいだ――

もう一度怒りを思い出しながら、アデリナはそんな感情を覚える自分が嫌いではなく、むしろ楽しんでいることに気づいた。まったく彼は、どこまでアデリナを変えてしまうつもりだろうか。

それでもこのまま流されっぱなしでいいはずはなく、帰ってきたらちゃんと叱らなければ、と考える。あんなふしだらなことは二度としないと言い切らなければ。

あんな恥ずかしいことはもう二度と無理だし、そもそも普通にするだけでも充分に――

アデリナはあの濃密な時間を思い出し、脳裏に浮かんだ情景を打ち消すために慌てて頭を振る。

充分って何が！

無言のまま表情を変えるアデリナを、皆が微笑ましく見守っていたことに、アデリナはしばらく気づかなかった。

そしてこのときは、もうディートハルトが「黒屋」に来なくなるなんて、想像もしていなかった。

六章

ディートハルトが帰って来ない。

いや、帰るというのはおかしい。そもそもディートハルトはれっきとした貴族であり、平民の集う食堂にいることのほうがおかしなことのはずだ。

彼がいたのは三日間だけなのに、傍にいないことが気になって、アデリナはしょっちゅう視線を彷徨わせてしまう。

彼の姿が少し見えないだけで、あの大きな身体はどこにいても目に入っていたのに。

ディートハルトの身に何かあったのでは、こんなにも不安に襲われるなんてことがあるだろうか。

客に笑顔を向けながら次第に暗くなる外にまた目を向ける。

やがて本通り沿いの店から明かりが消え、とアデリナは何度も店の外を見た。

それでも、ディートハルトは帰って来ない。

従業員たちも、どうしたのかと心配顔だ。

いつもは早めに帰るヘルガも店に残り彼の帰りを待っていた。

「どうしたのかな」

「すぐ帰るって言ってたのにな」

「何かあったのかも」

「本通りとはいえ、貴族よりも平民が多いし、誰かに絡まれてたりして……」

怪我を負っているのかも、とヘルガが口にしかけたところで、全員がそれはないと首を振る。彼が初めて「黒屋」に来た日、酔っ払いの男ふたりを軽々と掴んで外に出した姿はまだ記憶に新しい。

「……それはないかもだけど」

ヘルガも自分の発言を改めたが、他に理由が思いつかない。

今日は、例の嫌がらせもなかった。

客の入りも上々だったし、良い一日だったはずなのに、まるで何か不幸が起きたかのように皆で俯くその場の空気をアデリナは吹き飛ばしたくなった。

「きっと帰ったのよ」

「帰った？」

「どこに？」

首を傾げる面々に、呆れた笑みを浮かべる。

「どこもなにも、ツァイラー家のお屋敷に決まってるでしょ。だってディート様は貴族なんだから」

「あぁ……」

「そうだけど」

貴族らしからぬ言動のせいで忘れがちだが、本来彼は平民が気軽に声をかけたり、同じ食事を食べたりしていい相手ではない。じっと顔を見つめることすら、不躾ととられるような身分の人だ。

「護衛だなんて言っていたけれど、そもそも、貴族がそんなことすること自体おかしいでしょう。ちょっと平民の暮らしに興味が湧いて、もう気が済んだから帰ったのよ」

「アデリナ……」

「はい。この話はもう終わり。みんなもう遅いから、気をつけて帰ってね」

どこか納得していない顔ばかりだったけれど、アデリナは手を叩いて強制的に話を終わらせた。

「明日からは一か月ぶりのお休みなのよ、ゆっくり休んでね」

アデリナは全員を見送り、店の灯（あかり）を落とした。

小さな燭台を持って二階に上がり、湯浴みの用意をする。

身体を清めてから、部屋の机の上にある小さなコップに活けた三輪の花を見る。どれもそのあたりに勝手に咲いているような野の花だ。なんとなくそれを見つめながら、こんなに静かだったかしら、と思う。

ディートハルトが来るまでは、夜は家族を想う時間だった。今は亡き両親との思い出に浸っているうちに、疲れた身体は休息を求めて、うとうとしながら湯浴みを終えると、すぐに眠る。

そんな毎日だったはずだ。

寝台に転がって、天井を見上げた。隣の机に小さな灯を置いて見上げていても、何も見えない。動かなくなると、さらに静かだった。

いや、何も音がしないことがうるさいくらいだ。

今日も一日、よく働いた。これからも、きっと「黒屋」は忙しく、毎日が大変だろう。

それをアデリナは、命ある限り続けていかなければならない。

両親のために。

自分のために。

「……」

それに明日は休みだから、ゆっくり寝ていたい。久しぶりに家の掃除もしたいし、新しい料理を考えるのもいい。時間があれば、人の賑わう本通りを歩いて他の店をひやかすのもいい。いつもの休日が待っている。

だから早く寝なければ、と思うのに、何もない天井を見上げたまま瞼はちっとも下りてくれない。

この狭い寝台に侵入してきたひとはもういない。寝台をひとりで使えて、本当にせいせいしている。朝も落ち着いた目覚めを迎えられるだろう。そもそも、あんな恥ずかしいことは二度とすることもない。他の人とだって、したいとも思わない。

なのにどうして、こんなにも心が落ち着かないの――

まるで胸にぽっかり穴が開いたようで、そこが黒くなって広がっている気がする。両親や猫との別れとは違う喪失感がある。

彼は家に帰っただけ。日常に戻っただけ。アデリナは何も失くしていない。たった三日、異質なものがそこにあっただけ。どこにでも咲いているような花を残していっただけだ。

変な貴族だった。

理由もきっかけもわからないけれど、アデリナに興味を持ったのは確かなのだろう。平民の暮らしも楽しんでいた。そう、実際楽しんだのだろう。そして気が済んだのだ。

だから帰っていった。もうここは、彼の帰る場所ではない。居る場所ではない。

さっき、皆にも言った言葉を繰り返す。

だがその事実を自分に言い聞かせるたびに、アデリナは自分が傷ついているようにも感じた。きっと疲れ過ぎておかしくなっているのだろう。

相手は貴族なのに、どうしてあんなに当然のように帰ってくると思い込んでいたのだろう。そんな自分に呆れて笑ってしまう。

このところ嫌なことが続いていたから、いつもより大変だったことは事実だ。

この先もずっと店を護っていくために、ゆっくり休んで英気を養わなければ。

自分の身は自分で護る。自分の店は自分で護る。これが普通のはずだ。

そしてディートハルトには別に護るべきものがある。貴族の生活がある。

しかし貴族たちの集う畏(かしこ)まった場所に彼がいる姿が想像できなくて、少し笑った。

笑いながら、アデリナは布団にくるまって何も見ないようにした。

強いはずのディートハルトが、彼以上に強い何かに巻き込まれたなんて、考えたくなかった。

嫌になる――

言い訳ばかりを考えて、彼のことなんて気にしないと装いながら、しっかり傷ついている自分が嫌だ。それをごまかそうと必死になっている自分が悲しくて哀れで、泣くことも許したくないほど嫌だった。


翌朝目が覚めると、アデリナはまた違和感を覚えた。

何が違うのだろう。しばらくぼんやりと天井を見上げながら、ゆっくりと身体を起こす。睡眠時間は足りているはずなのに、どこか疲れがとれていない気がした。そんなはずはない、とアデリナは首を振って着替え、いつもの休日のように掃除を始めた。時間があるから、つい二階だけではなく食堂のほうまで手が伸びる。

窓も一枚一枚拭いて、いつもよりも丁寧に掃除をしていく。

気づけば時間は昼を回り、ずっと動きっぱなしだったためか疲れを覚えた。何も食べていなかったことも思い出し、少し休憩しようと厨房へ入ろうとしたとき、店の扉が開いた。

その音に勢いよく振り向いたが、入ってきたのはヘルガだった。

「あ、やっぱり掃除なんかして！　毎日みんなでしているんだから今日は休めばいいのよ」

「……そう、だけど、つい」

アデリナは答えながら、自分がどこかでがっかりしていることに気づいた。

何に、落ち込んでいるの？

さっき扉が開いた瞬間、脳裏に浮かんだ面影を、首を振って追い払う。

「お腹空いたんじゃない？　たまには私の料理も食べてよ。まぁアデリナほど上手じゃないけど、旦那は美味しいって言ってくれるんだから」

「ヘルガのご飯も美味しいよ」

ヘルガはみんなで賄いを食べる食台に、編み籠に入れてきた料理を並べた。

実際、ヘルガの料理は美味しい。時々、アデリナに代わって作ってくれる彼女の賄いは、彼女の性格そのままの優しい味がする。今料理を持ってきてくれたことも、アデリナに対する労りが溢れているように感じた。

思ったよりも空腹だったのか、アデリナはあっという間に食事を終えて、一息つく。それを黙って見ていたヘルガの視線が気になって、アデリナは彼女に目で問いかけた。

「……あのね、アデリナ」

「何？」

「散歩に行かない？」

唐突な誘いに、アデリナは目を瞬かせたけれど、別に断る理由はない。食器の後片づけをして、すぐさま店を出る。ふたり連れだって本通りを歩きながら、賑やかな店を覗いていく。

「でもいいの？　休みの日くらい、旦那さんと一緒にいればいいのに……」

それでなくても、ヘルガは「黒屋」で長時間働いてくれている。

アデリナの心配を吹き飛ばすように、ヘルガは笑った。

「旦那は仕事よ。明日は休みだから、一緒にゆっくりするわ」

「それならいいけど」

そのとき、少し離れたところで大きな怒鳴り声が上がった。周りのざわめきから何か揉め事が起こったようだとわかる。

「喧嘩かしら。この時間にしては珍しいわね」

「人が多いから、仕方ないけど……」

「そうね。気をつけて歩かないと」

そう言いながらアデリナは半歩先を歩くヘルガの後をついて行く。

しばらくすると本通りが終わり、さらにまっすぐに進むと、宮殿の門が見えてくる。

立派な門は外からならいくらでも眺めることができるけれど、平民がその中に入ることはできない。門の前には、今日も宮殿に相応しい煌（きら）びやかな馬車が列をなしている。門を抜けると、馬車待ちがあり、貴族は皆そこで馬車を降り、宮殿までの道をしばらく歩くのだと昔父から聞いたことがある。

平民とは違い、貴族の服装は飾りが多く、動きづらそうだから、さぞや大変なことだろう。あんな服で歩き続けるなんて、自分には無理だろうとしょうもないことを考えているうちに、ヘルガがそのまま門の手前の四辻(よつつじ)を西に進んでいくので首を傾げた。

　この先には店もあまりないはずだ。

「ヘルガ、どこへ行くの？」

「んー……お屋敷を見に行ってみたいと思って」

「何の？」

　貴族街の街並みは、「黒屋」の周辺とはまったく違う。

　屋敷の美しさは位の高さにも比例していて、見物するのはそれなりに楽しいが、貴族の中には平民が近くをうろつくだけで機嫌を損ねる者もいるのだ。目的もなくぶらついていい場所ではないとヘルガも知っているはずなのに、どうしたのだろう、と心配になる。

「ヘルガ？」

　足を止めないヘルガにそれでもついて行くと、本当に平民など見当たらない道に入る。そもそも、貴族はあまり外を出歩かないから、人気も少ない。

　使用人はちらほら見かけるが、貴族の館で働く者はやはりそれなりの格好をしていて、アデリナのように、家の掃除をした後の汚れた服を着ている者などいない。

「ヘルガってば」

「もう少し向こうだよ。ちょっと遠いね」

「遠いって、どこに行くの？」

「ツァイラー子爵家」

「…………」

その言葉を聞いたとたん、アデリナは足を止めた。

数歩先を進むヘルガは振り返ってアデリナの手をとり、強引に連れて行こうとする。

「な、何で⁉」

「何でって、アデリナは気にならないの？」

「何が⁉」

「全部が」

力いっぱいヘルガに引きずられながら、アデリナは彼女の言葉の意味を計りかねて顔を顰める。

「全部、気にならない？　あのディートハルト様が、どうして突然消えたのか」

「き、消えた、なんて……」

だってディートハルトは貴族だ。

戯れに平民の女をからかうこともあるだろう。良いように遊ばれたからといって、平民であるアデリナに何が言えるのか。

「私、貴族のことを知ってるわけじゃないけど、ディートハルト様のことなら少しはわかるわよ。アデリナのほうが、私よりもっと、知ってるでしょう？」

「そんなの……」

　知っていることなど、限られている。

　酔っ払いから助けてくれた人で、優しいようでいて強引で、子どもっぽいかと思えば、突然大人の色香を発してくる。

　そう考えると、とてもアデリナの手には負えない気がする。そんな人が、アデリナの傍にいたことすら今は夢のようだ。

「あの、アデリナを見るディートハルト様の顔。あんなの見たら、アデリナをからかっただけなんて信じられない。何か理由があるなら、教えてもらわないと。納得できないことは身分なんて関係ないじゃない」

「……ヘルガ」

　その身分というのは、納得できないことを無理やり納得させる力があるのだ。そんなこと、改めて言わなくてもヘルガもわかっているだろう。それでも、アデリナのことを想って、ヘルガは今動いてくれている。その気持ちが、アデリナには嬉しかった。

「ヘルガ……私」

「あ、あれかも？」

「え？」

　宮殿からずいぶん歩いた閑静（かんせい）な場所に、突然高い塀が出現した。その塀はずっと先まで続いているようで、途中に大きな格子の門があった。

門の両側には警備の兵が立っていて、なにやら物々しく感じる。

思わずアデリナもヘルガも足を止めてしまった。

じっとしていると、その兵の顔がこちらを振り向く。

「――――っ」

何も悪いことはしていないけれど、門の前にいただけで怒る貴族もいる。

アデリナはすぐにヘルガの手を引いた。

「か、帰ろう、ヘルガ……」

「う、ん……」

やはり、来るべきところではないのだ。

塀を見上げても、屋敷の端も見えなかった。それこそが、アデリナとディートハルトの距離なのだと思い知り、アデリナは溜め息を吐いて、足どり重く帰路についた。

＊＊＊

ディートハルトはどうにかしてこの部屋から出られないかと窓の格子を力いっぱい揺すった。ガタガタと動きはするが、外れる気配はない。さすがツァイラー家の仕事だ。

忌々しくも感心しながら、この一本だけでも抜ければなんとか出られるかもしれない、と端のひとつを摑んで力を込める。

「……何をやってるんだか、お前は」

扉の開く音と同時に、背後から声が聞こえた。

振り向くと、近衛隊の隊服を着た次兄が立っていた。

扉が開いたところで格子に阻まれているが、ディートハルトは急いでそちらへ向かう。

「ゲープハルト兄さん！　ここを開けて！」

「開けるはずがないだろう。お前は家長命令で、ここに入れられてるんだから」

宮殿に賜った自室にいて近頃はほとんど帰って来ない彼だが、すでに事情は知っているようだ。

「エックハルト兄さんはひどい！　僕はアディの傍にいなきゃならないのに！　こうしてる間にもアディに何かあったらどうするつもりだよ!?」

「何も起こらないように、護衛を数人つけてある」

「そんな護衛が何人いても、僕のほうが強いはずだ！」

「それくらいわかってるさ。お前はツァイラー家の人間なんだから」

「弟を監禁するような家なんてこっちから願い下げだ！　縁を切ってやるからな！」

「ディートハルト」

感情のままに叫んでいたが、突然ゲープハルトの声色が変わった。

それは長兄のエックハルトよりも低く、彼が本気で怒ったときにしか出さないものだ。

「本気で、縁を切るなんて言っているのか？」

「…………」

ディートハルトは、兄たちの中でこの次兄の怒りが一番恐ろしかった。優しい長兄を尊敬する次兄は、長兄の代わりに弟たちを叱ることが多いからだ。

言い過ぎたと自分でもわかっているし、この渦巻く気持ちを吐き出したところでますます怒られそうだと判断して、ディートハルトは黙り込む。

「四六時中傍にいて護るだけが護衛じゃない。ツァイラー家の部下たちは優秀だ。実際に今日、アデリナという女性は何度か絡まれそうな兆しがあったが、本人に接触される前に排除したそうだ」

「……！」

そんなことを聞いて、ディートハルトが大人しくなるとでも思っているのか。

やはり心配だ。早くアデリナのところへ戻りたい。

「ゲープハルト兄さん、頼むから！　アディの傍にいたい、アディを護りたいんだ！」

彼女は今、たったひとりで静かな家にいるのかもしれない。

なにしろ今日は「黒屋」は休みだ。

三連休の間、アデリナはあの静かな家にひとりきりになる。それが彼女にどれほどの寂寥感をもたらすか、ディートハルトにはわかっている。

ひとりに慣れているようで、アデリナはとても強がりだ。寂しいなんて決して口にはしないだろうが、誰かと一緒に食事をしている笑顔をみれば、自分でそれに気づいていないだけだとわかる。

だから傍にいて、アディはひとりじゃないんだと抱きしめて眠ってあげないと。

アデリナを傷つける者は、誰だって許さない。ディートハルトを拘束し、彼女をひとりきりにするのなら、兄すら憎い相手になる。

本気で怒りが込み上げてきて、鉄格子が揺れるほど手に力を入れたけれど、それを抑えたのは冷静なゲープハルトの声だ。

「お前は護るということが、どういうことなのかわかっていない」

「――何？」

「だから兄さんもお前をこの部屋へ入れたんだろう。ハルトムートもハルトウィヒもお前には甘いから何も言わないだろうが、お前が変わらない限り、ここからは出られないぞ。相手が平民の女性であろうと、貴族としてできそこないのお前など恥ずかしくて差し出せるはずもない」

「な、何、が？」

兄の言っていることがよくわからなくなって、ディートハルトは兄を見上げた。

「護衛という仕事は、そんなに簡単ではない。自分のやりたいようにやれることなんてひとつもないし、衝動的に動くなんてもってのほかだ。自分のことよりも、護る相手が何を思っているのか、どうしたいのか、どうするべきなのかを先回りして考え、常に冷静に行動することが大事なんだ。そもそも、敵をすべて始末してしまえば安心なんて、そんな安易なことを考える者が護衛だなんて言うな」

「僕は」

「お前は」

ゲープハルトは真剣な顔でディートハルトを見ていた。

ディートハルトは彼の目を見て、自分の頭が何も考えていなかったことにようやく気づいた。いや、考えてはいた。ただ自分のことだけしか考えていなかった事実に気づかされた。

「お前の護りたい女性は、自分が助かりたいために誰かを殺せと、そんなことを言う人なのか？」

「――――」

アデリナは、優しい女性だ。

客に優しく、常に他人を思いやり、猫にまで気持ちを遣う人だ。

押しかけたディートハルトにさえ、想いを分けてくれている。

大切な人を亡くした痛みを知るアデリナが、誰かの命を奪って喜ぶはずがない。

兄が何を教えてくれたのか、ディートハルトはこのときようやくわかった気がした。

誰かを傷つけることでは、誰かを護ることはできないのだ。

これまでずっとアデリナを護っているのだと思っていた。近づく輩を、すべて排除することが護ることで、安心できるのだと考えていた。それをアデリナがどう思うかなんて、彼女に知られなければ、なかったことにできるなんてどうして思えたのか。

ディートハルトは、自分の思考が短絡的過ぎる、と何度も兄たちに言われていた意味をようやく理解した。

ディートハルトはアデリナを護りたい。本当に、護って幸せにしたいと願っている。

今までの自分のやり方は間違っていた。兄たちに怒られても仕方がない。これでは本当に、子どもが玩具を取られたくなくて癇癪を起こしているだけのようだ。甘えていると自覚しながら、一人前のつもりでいた自分が恥ずかしい。

「お前に誰かを護れる力があるのは、みんなちゃんと知っている」

「ゲープハルト兄さん、僕は」

「でも、兄さんを怒らせたんだから、しばらく反省のつもりでそこに入っていろ」

「ゲープハルト兄さん！　でも！」

「もうすぐ出られるさ。なにしろ明日は、日頃懇意にしている貴族たちを呼んでの晩餐会だ」

「――はあ!?」

「そのために俺も帰ってきたんだからな……準備の手伝いをしないでいられるだけ、ましだと思え」

「ちょ、ちょっとそれ僕も出るの!?」

「当然だ。長い旅から戻ったお前が主役だ。じゃあな、ゆっくり休んで英気を養え」

「ちょ、待ってよ兄さん！　僕やだよ！　出たくない！　ごめんなさい謝るから！　エックハルト兄さんにもちゃんと謝るからーっ」

廊下の向こうへ消えるゲープハルトに、声の限り叫んでみたけれど、薄情な次兄はそのまま去っていった。

真新しい興奮が続く傭兵の日常や、気楽な平民の生活を知ったディートハルトには、貴族の堅苦しい付き合いを続けたいとはもう思わなかった。

どうしてもと言われたら宮殿に挨拶くらいなら行くかもしれないが、絶えず周囲の視線に晒され身動きのとれない晩餐会など、ひとりきりでこの部屋にいるより厳しい罰だ。

自分の愚かさを認識し、本当に反省するつもりだったディートハルトは、さっきよりも真剣に、格子を握る手に力を込めた。

＊＊＊

連休二日目にして、アデリナは時間を持て余していた。

いつもなら、仕事をしているときと同じくらい忙しなく活動しているというのに、どうしてか店のカウンターに座ったまま、立ち上がるのも億劫(おっくう)になっている。

今日はヘルガの夫も休みだと言っていたから、彼女は来ないだろう。

昨日はあれからとぼとぼと「黒屋」に帰り、そのまま別れた。

あの越えられない大きな塀が、アデリナに現実を教えているようだった。

ふ、と溜め息を吐くと、店の扉が開いた。昨日と同じように振り返り、そして驚く。

そこにいたのはディートハルトではなかったが、彼と似た顔がふたつ並んでいたからだ。

「えーと、今日は休みだった？」

ハルトムートとハルトウィヒはこれまで何度かこの店にも通ってくれて、傭兵をしていると聞いていたけれど、実際はディートハルトの兄なのだから貴族のはずだ。

アデリナは改めてそれに気づくと、動きがぎこちなくなる。

「あ、はい。そうです……申し訳ありません、明日までお休みをいただいております」

慌てて立ち上がって頭を下げるが、店に入ってきたふたりはアデリナより申し訳なさそうな顔をしていた。

「いや、食事に来たわけではないから……」

「ちょっと様子を見に」

「はい？」

「変わりはない？」

「嫌がらせを受けていただろう？」

その後は、と訊かれているのだとわかり、慌てて首を振った。

「いえ！　何もありません。あの、ディート様にも申し訳なく思っています。こんな店の護衛なんてしていただいて……」

「いや、それはいいんだ」

「ディートハルトがしたいと言ったのだから。むしろ無理を言って申し訳ないのはこちらのほうだ」

貴族だというのに腰が低く、平民にも謝るのは彼らが傭兵だからだろうか。それともディートハルトの兄だからだろうか。

ツァイラー子爵家の人間なのだから、あの高い塀の向こうに住んでいるはずなのに、今のふたりの様子からはまったくそんな想像ができない。貴族にも不思議な人がいる、と思いながら、アデリナはどうしても気になっていたことを口にした。

「あの……その、ディート様、は」

「ああ。家にいるよ」

「しばらく大人しくさせている」

「あ、そうですか……」

思わずほっとした。

どんな事情かはわからないが、無事ならいい。

そもそも、ディートハルトは誰かの護衛をするほど強いのだから、誰かに負けるはずがない。そんな心配をどこかでしていた自分はやっぱりおかしかったのだとアデリナは自分に呆れてしまった。

「何もないならいいんだ。君のことをディートハルトが気にしていてね」

「子どものようにうるさいから、代わりに様子を見に来たんだが……」

それがどんな様子なのか、思い浮かべてしまったアデリナはつい吹き出してしまった。まさに子どものように、駄々を捏ねたのかもしれない。でもディートハルトならあり得るだろう。

笑ったアデリナに、双子も安心したようだった。

「君が笑っていたと、ディートハルトにも教えてやれるよ」

「そうだな。これでもう少し落ちついてくれればいいんだが……」

逞しい大人の男性の外見をしていながら、子どものような心を持つディートハルトには兄たちも苦労させられているのかもしれない。

とはいえ、彼の兄たちもこんなに平民のことを気にかけてくれる。これまで貴族とは相容れないものだと思っていただけに、意外だった。しかしそれを反発なく受け入れてしまっている自分もずいぶんな性格をしている。

昨日アデリナが畏怖を感じた大きな塀の向こう側は、知らない世界というだけで、怖い場所ではないのかもしれない。アデリナは、双子を見ていてそう思い始めていた。

「でもあいつは、ここに来てだいぶ変わったんだ」

「末っ子だからか、我々もずいぶん甘やかしてしまってね。与えられて当然なんて顔をしていたのに、君には何かを与えたくて仕方がないらしい」

「それも他の男が割り込むことに癇癪を起こすところはまだ子どもっぽいんだが……」

「いきなりまるで変わってしまうのも、少々寂しい」

アデリナは双子の会話に顔がゆるむのを止められなかった。

彼ら兄弟が、末っ子であるディートハルトをどれほど可愛がっているかよく伝わってくるからだ。貴族でも家族であるのだから、その中で育まれる愛情は自分たちと変わらないと教えられる。少し困った性格だとアデリナも思うけれど、彼が愛されているのは自分のことのように嬉しい。

双子の目が、その弟を見るような温かな目でアデリナを見ている。

「俺たちも少々手をやいているくらいなんだから、あいつの相手は大変だろう？」

「迷惑ばかりかけてはいないか？」

「いいえ……そんな」

アデリナは弟のことと同じように、自分のことまで気にしてくれる彼らが本当に羨ましかった。自分は兄弟はいないけれど、彼らのような兄がいたならどんなに素晴らしい家族になれただろうと思うくらいだ。

弟を心配する双子に、アデリナはその原因を思い浮かべ、笑った。

「少し、確かに強引なところもありますけど……でもあんなふうに、私のことを見て、傍にいてくれた人は初めてで……嬉しい、です」

言ってしまって、相手の立場を思い出しアデリナは少し慌てた。

まるで告白のようなことを口にして、貴族には不敬にあたるのでは、と心配したのだが、双子はまるで子どものように笑っていた。

その笑顔は本当にディートハルトそっくりで、アデリナも見惚れてしまうほどだ。

「良かった。ありがとうアデリナ」

「これからも大変だろうが、頼むよ」

「そんな――私こそ」

そもそも護衛なんてものを貴族にしていただいているのに、とアデリナはお礼を言い合うという不思議なことを繰り返した。

その後、彼らは満足した顔で帰って行った。本当にアデリナの様子を見に来ただけのようだ。

アデリナは彼らを見送ると、おもむろに厨房に入って準備を始める。パンを焼こうと思いついたからだ。前は冷めた残りもののパンしかあげられなかった。

「黒パン、美味しいって食べていたし……」

ディートハルトが家に帰り、何をしているのかはわからない。

貴族なのだから、きっと平民にはわからないことがあるのだろう。突然消えてしまったから、隣にいたことが夢だったように思えたけれど、ディートハルトはどこにいてもディートハルトのようだ。

アデリナは真剣に生地を捏ねる。いつも通りの工程を経たのに、いつもより美味しそうなパンが焼きあがった。その香りを嗅いだだけで、自分も食べたくなるほどだ。我慢できずひとつを食べてから、出かける用意をする。

掃除や料理をして汚れたものではなく、自分の中では一番綺麗な服を引っ張り出した。襟にレースの付いた白い服は、母の形見でもありお気に入りの一枚で、汚すのが怖くてあまり着たことがない。

薄い緑のスカートを着て、同じ色のストールをまとう。

それだけでアデリナは緊張した。この格好なら、食堂の店主には見えないだろう。どこかの裕福な家のお嬢さんくらいには見えるかもしれない。

昨日とはまた別の高揚感に胸が弾み、アデリナはパンを入れた籠を持って店を出た。

賑やかな本通りを歩き、まっすぐ宮殿の門へ向かう。

その途中、また騒ぎが起こったようだ。

今度はアデリナにも見える位置で、酔っ払いのような男が誰かに捕らえられていた。最近は特に物騒だと驚きながら、アデリナは先を急ぐ。知らない誰かが騒ぎを起こしても関係はない。アデリナは、前に進む道しか見えていなかった。

昨日と同じように宮殿の門を西に曲がり、貴族街のほうへ進む。進むうちに、いつもより馬車がたくさん通っているのにも気づいたが、端を歩けば大丈夫だろうと足は止めなかった。

しばらく進むと、昨日も見上げた高い塀が見えてくる。

もうすぐ、と思ったけれど、昨日は警備の兵が立っていた門の前に、他にも人が集まっているのが見えて足を止めた。

よく見れば、馬車も停まっている。

屋敷の中には馬車のまま入れないのか、門の前に人々がたむろしていた。何があるのだろうと思ってもう少し近づくと、綺麗なドレスを着た女性が門の中に通されていく。身分ある紳士もそれに続く。その後にも次々に馬車が来て、また人を下ろしては去っていく。

その様子を、少し離れた場所でアデリナは茫然と見ていた。

煌びやかな馬車。上品な男性と、美しい女性たち。

まるで今日は舞踏会でもあるような――

そこまで考えて、今更ながらに気づいた。ここはツァイラー子爵家で、貴族の屋敷だ。身分のある人が集まって舞踏会を開いてもおかしくはない。平民には夢のような世界、物語と一緒に空想するような世界だけれど、彼らには現実だ。

アデリナは何も考えることができず、ただ立っているだけ、という状態でまだまだ続く馬車の列と、そこから降りる人々を見送っていた。そこへ、早く屋敷に入ろうとしたのか、列を追い越すように馬車が走ってくる。端に避けていたアデリナにぶつかりそうになって、慌てて御者が止めた。

「あ……っ」

ぶつからなかったものの、アデリナはもっと端に避けようとして躓（つまず）き、地面に膝をついてしまった。馬車はそのままアデリナの傍から動かず、人が下りてくる気配がする。

アデリナは地面に手をついてしまったせいで、籠から黒パンが落ちて転がっているのを呆然と見ていた。

「……あら？」

そこへ馬車から降りてきた相手がようやく気づいたように視線を向けてくる。

彼女たちはふたりとも、とても綺麗なドレスを身にまとっていた。年齢からして、母と娘なのかもしれない。アデリナを見て、それから綺麗に片眉を上げる。

それが気持ちを表しているのだとしたら、貴族って本当に器用だと思いながらアデリナもじっと見てしまっていた。

「貴女、そこで何をしているの？」

「……えっ」

声をかけられるとは思っていなかったから、アデリナは名前も知らないお姫様のような女性からの声に戸惑い、狼狽えた。

どうしよう、私、なんて言えば――

ツァイラー家に用があったのは確かだが、今そんなことを口にできるはずがない。とりあえず地面に伏しているままではどうしようもないと立ち上がり、服の汚れを落とすように手で撫でる。

平民がここにいてもおかしくない理由がうまく思いつかなくて焦りを感じていると、若い女性のほうがはっきりと顔を顰めた。

「……なにか匂わなくて、お母さま？」

「そうね……品のない香りがするわ」

アデリナはその声にびくりと身体を竦めて、一歩後ずさる。

彼女たちの視線は地面に転がった黒パンにも向いていた。

「まぁ、こんなところにゴミを捨てるなんて」

「ちゃんと片付けて行きなさい。まったく平民は礼儀も知らないし不潔な者ばかりで……」

本当に困った存在だと言わんばかりの視線に、アデリナは顔が熱くなった。それは怒りとも羞恥ともいえない、どちらもが混ざったような感情だったが、言える言葉がなく、ただすぐに籠にパンを拾い集めて入れる。

その頭の上から、また声が響いた。

「ねぇお母さま、ディートハルト様にいただいたこのコサージュ、曲っていない？」

「まぁ、大丈夫よ。貴女によく似合っているわ。ディートハルト様の目は確かなものね」

パンを手にしていたアデリナは、その声に思わず顔を上げた。

美しいドレスの女性の、複雑だが綺麗にまとめられた髪には、職人の手によるものだとわかる美しい花のコサージュが留められていた。

確かに彼女に似合っていて、アデリナは声もなく不躾にそれを見てしまった。

その視線に相手は冷やかな視線を返し、また母に顔を戻した。

「ねぇ、今日はディートハルト様がいらっしゃるのよね？　また踊ってもらえるかしら」

「そうね、今日こそ結婚のお話も進めさせていただかなくては……」

「絶対よ！　絶対にお願いね、お母さま！」

アデリナは次第に遠ざかる彼女たちの声を耳にしながら、呆然としていた。馬車がその場を移動してからようやく、思い出したように自分の足を動かす。

弾んだ声が遠くから聞こえている気がした。アデリナは歩き出しながら、もっと足が速くならないかと願った。

しかし走り出すこともできない。

自分の中で一番綺麗な服は、彼女たちの服には決して勝てない。それでも一番大事な服だった。少し汚れたけど、洗えば大丈夫だ。

アデリナは必死に足を前に出すことだけを考え、気づけば本通りに戻っていた。

周囲に喧騒があると、なぜだかほっとする。

いろんな人がいて、いろんな店があるから、いろんな匂いがする。

籠の中にあるのは、少し汚れたけれど焼きたての黒パンだ。

美味しい匂いだもん――

アデリナはそう思いながら、母が一番好きなパンだったことも思い出す。

アデリナが焼いたパンを、美味しそうに食べてくれた両親を思い出す。

俯きがちにただまっすぐ歩いていたから、何度か人にぶつかりそうになったけれど、できるだけ速く歩いて店に戻ってきた。扉を開けて中に入り、鍵をちゃんとかける。

とたんに静かになった。

外は人通りがあるから、まだざわめきは聞こえてくるけれど、アデリナの世界はとても静かだった。

誰もいない店で、ひとりきりの家で、アデリナは小さく息を呑む。

自分の部屋に戻り、机の上に飾っていた小さな花を見て、思わず持っていたパンの籠をそれにぶつけた。ガシャン、と音を立てて机と一緒に倒れ、花もパンも床に転がる。

「――っ」

そうして、それが合図だったかのように、ぼろりと涙が床に落ちた。

「……っう、ぁ……っ」

行き遅れていると自分でもわかっているような年なのに、アデリナは泣いた。涙を止めることができなかった。どうやったら止まるのかもわからなかった。

何で泣くの。

何が悲しいの。

わかってたことなのに。

勝手に、何を期待していたの――

アデリナは答えを見つけるのが嫌で、ぐるぐると回る頭を抱えて、けれどそれを放棄したくて、ただ感情が溢れるままに泣いた。声を上げて、子どものように泣いた。

子どもみたいだなんて、ディート様みたい――

いや、もうディートハルトもいないのだ。

アデリナは悲しむ理由をひとつ見つけた。

所詮アデリナは平民だ。貴族の綺麗な女性とは違う。

身に着けるドレスも、贈られる花も、存在することのすべてが違う。

「……っく、ば、かぁ……っディート様の、ばかぁ……っ」

アデリナは怒っている。

もう仕事に生きると決めていたアデリナを、期待させるだけさせたディートハルトに怒っていた。

勝手過ぎることはよくわかっていたけれど、それでもアデリナは怒りを抱えて泣いた。

「わたしのこと……っまもるって、いったのに……っ」

涙が涸れるまで泣いたら、こんなみじめな気持ちもなくなるだろうかと思い、アデリナはひたすら涙を流した。

＊＊＊

ツァイラー子爵家の晩餐会は、いつも屋敷で一番広いホールと中庭を使って行われる。

さらに、西の塔に沈む夕陽を見るのがいいらしく、夕暮れの時間から始まる。

シャンデリアにはすべて火が灯され、テーブルの上に並べられた料理をたくさんの蝋燭が美しく照らしている。

しかしこんな豪華なだけの料理より、アデリナの作るご飯のほうが美味しいとディートハルトは思っていた。

三階の端の部屋に監禁されていたディートハルトの周囲を除いて、今日のツァイラー家は晩餐会の準備で慌ただしかったようだ。

晩餐会の時間に近くなると、長兄以外の兄がやってきてディートハルトの用意を始めた。三人もいたのは、もちろんディートハルトの逃亡を防ぐためだろう。

そして始まる直前に、長兄がいつもは別邸にいる母のエッダを連れてくる。

エッダは妾の立場であるし、身体を壊してからはあまりこういう場には出てこない。だから驚いたし、その手を出されてディートハルトは戸惑った。

「今日はずっと、エッダの付き添いをしているように」

「よろしくね、ディートハルト」

やられた、とディートハルトは盛大な不満顔になる。

晩餐会で兄たちから離れられれば、この屋敷から逃げる方法はいくらでもある。そう思っていたが、やはり兄は甘くなかったようだ。

「まぁ、そんな顔をして……エックハルト様たちは、本当に貴方を甘やかしてしまって」

困ったように笑うエッダの身長は、ディートハルトの胸あたりに届かないほど低い。

小さくて細くて、ドレスの重みで倒れてしまうのではと思うくらいだ。

もともとエッダは小さいほうだったが、子どもの世話をするくらいの体力はあったはずだ。それが臥しがちになったのは、ディートハルトを産んだからだという。悪くないと誰に言われても自分が原因だと思うと、母であるその人を粗末には扱えない。

そして正直なところ、ディートハルトはこの母が苦手だった。

生まれは平民であるというのに、その落ち着いた様子は貴婦人と言ってもおかしくはない。顔色は少し青白いが、造形は整っていてディートハルトの母であることも頷ける。兄たちが心を許しているところからしても、とてもいい人なのだろう。

それでも、ほとんど会うことのない、身体の弱い人をどう扱えばいいのか。しかも母だというのだから、どうすればいいのかがわからなくて、できるだけ近づかないようにしていた。

アデリナはとても柔らかいけれど、強く抱きしめても壊れるとは思わない。しかしこの母は、触れるだけで崩れてしまいそうな気がして、傍にいるだけで落ち着かなくなる。

案内された席につき、家長であるエックハルトが挨拶をして、形式にのっとった晩餐が始まった。

食事は食器までが美しく、整っているけれど、食べ方にも決まりがある貴族の食事が、ディートハルトはやはり苦手だった。

さらに隣には苦手な母がいる。すぐにでも逃げ出したいが、兄の目があり動けない。これほどひどい罰はない。ディートハルトは砂を食べている気分だった。

長い時間をかけて食事を終えると、後は思い思いに集まったり踊ったりする者がいて、自由な時間を過ごす。

貴族の社交の時間だ。

本来なら、ディートハルトもこんな席で相手を見つけるはずだった。広間や庭には、大勢の貴族の子女がシャンデリアに負けないほど煌びやかなドレスを着て笑っている。けれど、その誰ひとりとして、ディートハルトは綺麗だとは思わない。

いや、顔すら判別できていなかった。

何人かの相手に挨拶をされたけれど、適当な言葉を返し、場を濁しては次に移る。

今日はエッダが傍にいるから普段よりは声をかけられない。これについてはありがたかった。立場上は妾であるエッダには、周囲も遠慮があるのかあまり近寄ってこないのだ。

そこへゲープハルトが笑みを保ったまま近づいてくる。

その服装は近衛隊の正装で、会場でも一際目立っていた。

未婚の次兄以下は貴族の令嬢にとってはかっこうの獲物だ。家督は継がなくても、優秀な兄たちは引く手数多だ。弟の目から見ても容姿の良い兄たちならどんな貴族も納得するだろうから、自分を隠してもらうためにも、積極的に動けばいいのにと心から応援する。

でもアディには会わせたくない――

ディートハルトが大好きな相手を思い浮かべていると、笑顔のまま傍まで寄って来たゲープハルトは他の誰にも聞こえないほどの声で囁（ささや）いた。

「あの左奥の男を見ろ」

「……何？」

「彼がバルテン子爵本人だ」

「――っ」

衝動的に踏み出した足は、すぐに強い手に腕を引かれて止められた。

服が皺になるのも気にしないくらいの強さで、ゲープハルトは弟の腕を摑んでいる。そうしないと、ディートハルトはすぐに駆け出して殴りかかっていただろう。

「落ち着け。お前にも顔くらい見せておいたほうがいいだろうという兄さんの心遣いだ。お前が暴走するからやめておけと俺は言ったが。兄さんの気持ちを無駄にするなよ」

「…………」

ディートハルトは視線だけで人を殺せたらいいのに、と思いながら誰かと談笑しているバルテン子爵を睨み、奥歯を強く嚙みしめた。

衝動を抑えるのに必死で、握りしめた拳の中で爪が食い込み、今にも血が流れようとしているのにも気づかなかったくらいだ。

それをそっと隣から小さな手が触れて、取り上げる。

「貴方は、本当に……困った子ね」

言葉通りの顔をしたエッダは、ゲープハルトから受け取るようにディートハルトの腕を取り、移動するように促した。

「庭へ出ましょう。ここよりも落ち着けるでしょう？」

「気をつけて、エッダ」

「わかっています。ありがとうゲープハルト様」

エッダは子守をしていたからか、ディートハルト以外の子どもはすべて敬称を付けて呼ぶ。兄たちはエッダを母のように思っているから改めてほしいと思っているようだが、エッダは守るべきものは守らなければならない、と決して譲らない。

弱そうで壊れそうな人なのに、強気なところもあってますますディートハルトにはわからない人だった。

そのエッダと庭に出ると、確かに広間より人は少ない。

休めるようにテーブルと椅子が用意されているが、エッダはその中でも一番端の席に座った。

「ここなら、あまり目立たないでしょう……さ、手を出して」

「……怪我なんて」

していない、と言うのに、ディートハルトはその声に逆らえず握りしめていた手を開いた。爪の跡はついているが、まだ血は出ていない。

大丈夫だろう、と手を引こうとしたが、その跡を確かめるように小さな手が撫でた。

「……エッダ？」

「貴方は本当に、大きくなったわ」

「僕は最初から大きかったって」

父も兄も同じことを言う。

そのおかげで、小さな母を殺しかけたのだから、自分でもわかっている。

「貴方は小さな赤ちゃんだったのよ。泣きながら私に抱っこされて、本当に可愛かった」

「……………」

産まれたころの話をされても、ディートハルトに記憶はない。

いったいこれは何の拷問だろう。もしかして罰の続きだろうか、とディートハルトが黙っていると、エッダは掌を重ねた。

「ほら、本当に大きい手。もうレオンハルト様と同じくらいね」

「……背は変わらないと思うけど」

「貴方が産まれたのは本当についこの間くらいに思っていたのに。気づけばお兄様たちに甘やかされて、本当に困った子」

「……………」

甘やかしたのは兄たちの勝手であり、ディートハルトのせいではない。

しかし何も言えず、ただ座っていた。

エッダが何をしたいのか、何を言いたいのかがわからなかったからだ。

思えば、こんなふうにふたりだけで時間を過ごしたのは初めてかもしれない。

客人たちの賑やかな声が遠くに聞こえて、ディートハルトは今この場にふたりでいることに居心地が悪くなる。

「でも大きくなった。護りたい人もできた」

「……それは」

「貴方はレオンハルト様の子なのに、私のせいで弱い子になったらどうしようって、いつも心配だったの」

ディートハルトを見つめる目が、どこか滲んでいるように見える。

庭灯の明かりのせいではないようだ。

「貴方は強いって、ツァイラー家の男児だって言ってもらえて、本当に……良かった」

頬に小さな涙が落ちたのは、ずっと見ていたディートハルトでなければ気づかなかったかもしれない。

突然、重なった小さな手が熱く感じられた。

壊れそうだと思っていたこの母は、確かに自分を産んでくれた母なのだと、当たり前のことに今更気づいた。

「……お母さん」

「ディートハルト」

そう呼ばれて嬉しそうに微笑む母は、綺麗だと思った。

父が好きになるのもわかる気がした。目を細めて笑う母は、もう涙を零さなかったけれどぎゅっとディートハルトの大きな手を握る。

「貴方には、どうしても護りたい人がいるのね？ その人のことを、大事にするんでしょう？」

「……うん」

アデリナを、誰より大事にしたい。

世界のすべてを敵にまわしてもいいと思うほど、彼女を護りたい。

「今度、会わせてちょうだいね？ その方は貴族を嫌うかもしれないけれど、私は厳密には貴族ではないから、会ってもらえるかしら？」

「アディは……」

ディートハルトは握られた手を見て、もう一度微笑む母を見た。

「アディは、僕のお母さんを嫌ったりしないよ」

エッダの微笑みは、本当に母そのものだった。

やがてエッダは手を放し、灯の届かない庭の奥を示す。

「さあ、貴方ならここからでも抜け出せるでしょう？」

「え？」

「大事な人を、護りたいんじゃないの？ 行きなさい。そして、大事な人を護っていらっしゃい」

エッダはディートハルトを逃がそうとしてくれている。

家長のエックハルトには誰にも逆らえないが、長兄もエッダには甘いのを知っている。

そしてエッダは、何もかもを知っていて、ディートハルトの味方になってくれている。

ディートハルトはゆっくりエッダの手を放し、音もなく椅子から立ち上がった。

「……行ってきます、お母さん」

微笑みに見送られて、ディートハルトは闇に消えた。

兄たちの笑い声が、背中に聞こえた気がした。しかし今聞きたいのは、家族の声ではない。

一番会いたい。

一番欲しい。

ずっと傍にいて、護り続けたい人。

きっと、心配しているだろう。そうと思うと、心が弾む。

ひとり寂しい思いをしているといい。なぜならそれは、ディートハルトを必要としてくれているということだから。

思い切り抱きしめたい。

二日前の昼には帰ると言ったのに、約束を守れなかったことを許してもらいたい。

そして、もう離れたくないと言って思うまま抱き合いたい。

ディートハルトは全力で闇の中を、アデリナのもとに向かって走り抜けた。


灯の消えた本通りは暗く、「黒屋」にもすでに灯はない。

入口にはもちろん鍵がかかっているけれど、ディートハルトはすぐに裏へ回り厨房へ続く扉を開けた。

　こんな簡単に開く鍵では心もとない。

　もっと頑丈な鍵をとりつけさせようと決めて、ディートハルトは二階に向かう。

　音も立てずアデリナの部屋を開けると、彼女が寝台に俯せているのが見えた。くしゃくしゃになった服は、夜着には見えない。そして床にはなぜかパンやコップが転がっている。机が倒れ、その上にあっただろう燭台も床にある。

　どうしたのかと、とりあえず机を直し燭台に火を入れると、ふとアデリナが目を覚ました。

「ただいまアディ」

　ディートハルトは嬉しくて笑ったというのに、アデリナは盛大に顔を顰め、そして部屋の中を確認するように見渡してから、警戒して睨んでくる。

　機嫌が悪いのは、やはり約束を守らなかったからだろうか。謝ろうとしたディートハルトだが、アデリナに先を越された。

「どうしてここに？」

「どうしても何も……」

「鍵は……入口には鍵がかけてあったはず」

「あんな鍵は鍵じゃないよ。針金ひとつですぐに開けられる」

　今度もっと大きなものをつけると言うと、アデリナの顔がさらに歪んだ。

　そんな顔をするとせっかくの可愛い顔が台無しだと手を伸ばしたが、アデリナに届く前に撥ね除けられた。

「触らないで」

ぱしん、と音を立てたのは、確かにディートハルトの手だ。

細いアデリナの手が叩いたのだ。

いったい何が、と驚いている間に、アデリナは寝台の端まで逃げるように移動して、ディートハルトを睨みつけている。

「出て行って。ここは私の部屋で、私の家なの。出て行って」

「何を言ってるの……何があった、アディ？」

「言葉が悪いのかしら……お願いします、出て行っていただけませんかと言わなければならなかった？」

申し訳ございません、と卑屈になったように続けるアデリナの顔に、ディートハルトは気持ちが削られた気がした。

「アディ……何を言い出すの？」

「何をも何も、ここは貴族様のいらっしゃるところではございません。どうぞお帰りくださいませ」

「アディ、怒るよ」

「怒っているのは私よ！」

感情が爆発したように、アデリナは怒りの勢いをそのままに手元にあった枕をディートハルトに向かって投げつけた。

痛くもない枕はすぐに受け止められたけれど、アデリナは投げた自分に驚いたように顔を青くしている。

「あ……私……その」

アデリナは人を傷つける人ではない。

それなのに、怪我はしなくても、攻撃するような行為をした。アデリナ自身が、自分のしたことが信じられないと戸惑っているようだった。

しかしディートハルトは、そんな初めての感情を自分に向けられたことが嬉しい。

「アディ、こんなので怪我はしないよ。僕は弱くないし、そもそも、アディになら何をされても構わないんだから」

寝台に腰かけて近づこうとすると、後ろへ下がろうとするアデリナの足が敷布を掻く。

「近づかないで!」

「……アディ?」

「帰って! もう、お帰りください、お願いですから……っ私なんかに、構ったりしないで」

「私なんかって、何? ちょっと落ち着いて、アディ……」

「もうこんなこと、嫌。私……私、こんなの」

「アディ、どうしたの? 何があった? 兄さんたちは何もなかったって言ってたのに……」

「何も……なかった」

　アデリナは乱れた感情が戻ってきたかのように、ぼんやりとディートハルトに視線を向けた。視線が合ったことにほっとしながら、寝台に片脚をつきアデリナの肩を撫でるようにしてその目をもっと覗きこむ。

　アデリナの目が濡れている。

　もうひとりにしないと、泣かせるのは自分がいるときだけだと決めていたのに、寂しくさせてしまったかと思うと罪悪感が胸を締め付ける。

　自分がいない間に何かあったのではと不安も過るが、兄たちからどうしてもっと詳しく聞いておかなかったのかと今更自分を罵っても仕方がない。

「アディ、何もなかったはずないよ。この部屋はどうしたの？」

　ディートハルトが不安に思うほど、アデリナは清潔にすることを心がけているし、部屋を乱したままでいられるような性格でもない。まるで誰かに襲われたような、と考え、ディートハルトはその細い肩を強く掴んだ。

「誰か――まさかここに来た？　誰か入れたの？」

「誰……？　え？　誰も、来てないけど」

　アデリナの答えに一度安堵するものの、ならばなおさらこの部屋の理由がわからない。

「アディ？」

「…………」

何を考えているのか、まだ潤んだ目が何かを訴えるようにディートハルトを見つめている。睨むような目ではないが、言いたいことがある目だ。

しかしそんな目で見つめられて、心を穏やかにしていられるはずがない。

「……んっ」

我慢できないまま、ディートハルトはその唇を塞いだ。顔を寄せると、自然とアデリアの目が閉じられる。何度も唇を啄ばみ、呼吸が苦しくないように開いたところに舌を潜り込ませて、その中を探ると、薄く開いた目がとろりとしてくる。

気持ちいいとディートハルトに教えてくれる目だ。

そんな視線にさらされて、じっとしていられるほどディートハルトは大人ではない。

「アディ」

「んんっ」

服の上から胸に触れると、びくりと身体が揺れる。それは驚いたというより、痺れたような反応で、ディートハルトには嬉しいものだ。

その服を脱がしてしまいたいと、改めて見ればいつもと違うことに気づく。

普段来ている服も似合っているけれど、今日の格好はどこかへ出かけていたような小綺麗なものだ。少なくとも、ディートハルトは見たことがない。

「……アディ、今日はどこかへ行ってた？」

「…………」

　ぼんやりとしていた視線が、次第に意思を取り戻したようにはっきりとディートハルトを見て、その顔を強張らせる。

「アディ？」

　よく見ればその服は少し汚れている。こんなに綺麗な服なのにもったいない、と思いながら、やっぱり何かあったのだとディートハルトは確信する。

「何があった？　パンをこんなふうに落として――アディはそんなことする人じゃないのに」

「――じゃあどんな人だと思っていたの？」

　暫くぶりに冷静な声を発したアディの言葉には、先ほどまで口づけに蕩けていたような甘さはどこにも含まれていなかった。

「いったい貴方は、私のことをなんだと思っていたの？　私の――何を知っているって言うの？」

「アディのことは全部知ってる。どんなアディだって僕の好きなアディだ」

「嘘つき！」

　嘘、とはっきり撥ねつけられた言葉に、ディートハルトは少なからず愕然とした。

　自分の気持ちはいつも正直に言っているはずなのに、それを否定された。ディートハルトの気持ちが通じていないことに驚き、そして複雑な怒りが湧きあがる。

「嘘って……アディ、僕を嘘つきだと？」

「嘘だもの！　私の、私のことなんか、何も知らないくせに！　私のことなんてどうせ安っぽい女だって思ってるくせに！」

「何で……」

ディートハルトはアデリナの言葉が信じられなかった。

初めて見た時から、再会した時から、ずっとアデリナのことだけを考えてアデリナのためだけに生きたいと思っているのに。

これほど大事で欲しい女は他にいないと思っているのに。

それを本人に否定されて、ディートハルトは自分の気持ちがこれほど傷つけられるのは初めてで、咄嗟に声も出せなかった。

驚いたディートハルトを見てアデリナも少し驚いたような顔をしたが、すぐに目を逸らしてディートハルトの腕から逃れようとする。

「こんなの……こんなの私じゃないもの。こんなのもう嫌、ディート様のせいで、こんな気持ちにされるのも嫌。取り乱すのが、もう嫌なの、放っておいて――」

「放っておけるはずないだろ。アディは僕が護る――」

「護ってなんてほしくない！」

ディートハルトの声は、強い声で否定された。

「貴方に護ってもらわなくても、私は……っ」

「他の誰に護ってもらうんだ？」

予想よりも自分の声が低いことにディートハルトは気づいたけれど、必死になってディートハルトから逃げようとするアデリナに対して徐々に湧き上がる感情は治まってくれない。

「他……っ他には、誰でも、いいじゃないっ」

「誰でもじゃなく、僕以外の誰――まさか、ベルノに会った？　あんな男を頼ろうとして
る？　僕言ったよね？　あいつを店に入れるの禁止って」

「あんなって……私の叔父さんなのに！」

「血の繋がりなんてどうでもいいよ。僕じゃないんだから他の男は全部あんな男だ」

「叔父さんのことを悪く言わないで！　店のことは私たちでなんとかします！　叔父さん
にも護ってもらえるからもう構わないで！」

その瞬間、ディートハルトはアデリナを寝台に引き倒していた。

強く腕を掴み、上から覆いかぶさって顔を確かめる。

「今、なんて言った？」

「……わ、私……っ」

「誰に護ってもらうって？　この僕より……他の男がいいって？　あんなやつが？　僕よ
りあいつを信用するの？」

自分の下で震えている身体は、もしかして自分以外の誰かを知ってしまったのだろうか。

柔らかな胸に触れると、びくりとアデリナの身体が竦んだ。それが気に入らなくて、そのまま薄い布を摑んで強く引っ張る。

「――っ」

微かな悲鳴のような声に合わせて、いくつかボタンが飛んでアデリナの肌が露わになる。

今日も美しい胸だ。

ここに顔を埋めるのはディートハルトだけだったはずだ。

「他の男に、見せた？　見せて自分を護ってって、お願いした？　もしかして、あの――クルトにも、そう言った？」

「…………っ」

怯えを見せた目が潤む。微かな声でディートハルトを罵り、小さく首を横に振ったように見えたけれど、ディートハルトには関係なかった。

その胸に顔を埋めて、もっと強く服を引き裂くように引っ張る。

「い、やぁ……っ」

「あんなに僕が愛したのに……っ僕だけだったのに！　僕はアディだけなのに！」

「いや、やめ……っディ、ト、様……っおねが」

「アディは僕のものだ！」

「ん――ッ」

痛みを感じるだろうほど、強く乳房を摑み、歯形がつくほど咬み付いた。

身体中が熱くなって、頭がうまく働かない。

どうしてか、今はアデリナを汚したくて堪らない。

アデリナが憎い。

好きなのに、同じだけ憎い。

ディートハルトの気持ちを受け入れないアデリナが、心から憎かった。

なのに欲望だけはなくならず、もっとひどく、執拗に責めてやりたいと心が願っている。

ディートハルトはその心のままに、動いた。

舌を絡めて、先端を何度も含み、アデリナの感じる乳房の下に咬み付く。

手荒にスカートも剝いでしまうと、ドロワーズの中に手を入れて秘所を掻き回した。どうしたら彼女が気持ちよくなるのかは、もう充分知っている。

知っているけれど、ディートハルトの手で感じるアデリナが憎らしい。

ドロワーズを引き下ろすころには、秘所は充分滴りディートハルトの指を濡らしていた。

「や、あ、あっやめ……っあ」

「嫌なの？　……ここはそう言ってないみたいだけど。僕が欲しいんだろ」

「あ、あっ」

一気に指を二本押し込むと、簡単に奥まで埋まった。

相変わらずアデリナの中は締まっている。きついくらいなのに、蠢いてもっと奥へと誘っているようだ。

「もっとってねだってみろよ……あの夜みたいに、挿れてって頼んでみろよ」

「や、ぃや、あ――……っ」

アデリナが泣いている声がする。

感じているのか、ただ泣いているのか、どちらでもあるのか。

どちらにしても、身体がよくなっているのはわかる。

「ほら、ここ、気持ちいいって言って、泣いてねだればいいだろ」

そうしたら挿れてやる、と囁くと、アデリナの瞳からもっと涙が溢れた。

強情にも首を横に振っているようだけれど、ディートハルトの指は濡れていくばかりだ。

「ちょうだいって、お願いって、ほら……言えってば！」

「ん――っ」

言いたくないとばかりに唇を噛み、顔を背けたアデリナにディートハルトの中の何かが切れた。切れた瞬間、すごく悲しい気がした。

自分に残る感情は怒りや嫉(ねた)みだけで、優しい愛情なんてものはひとつも残っていない。

それをアデリナに向かわせている自分が、悲しかった。

アデリナを抱いているのに、とても悲しい。

憎らしいくらい、好きだ。いっそ嫌いになれればいいのにと思いながら悲しい何かが心に広がる。

それを感じると、目頭が熱くなった。

わがままを言いたくて、甘えたくて、誰かを操りたくて泣いてやることはある。それはいつでもやめられる嘘泣きだ。

けれど、この熱い想いは簡単には止められないとわかっていた。

「――っくそ」

ディートハルトはアデリナをうつ伏せにして、腰を掴んだ。

そのまま一息に自分の性器を突き挿れる。

「あ――……ッ」

アデリナの悲鳴のような声は、痛みもあったのかもしれない。けれどこんな自分の顔を見られないと思うと、安心できる。

アデリナの中は、やっぱり温かくて気持ちがいい。びくびくとうねって、もっととディートハルトを誘っている。

穿つ腰が止まらず、どんどん強くなるばかりだ。

痕がつくほど腰を掴んでいたけれど、堪らなくなって撓る細い背中に覆いかぶさった。

「あっあっあっ」

後ろから激しく突き上げながら、強い力で抱きしめた。

僕が好きなのに。

こんなにも苦しいのに。

どうして僕を嫌うの。

「アディ……アディ」

「あ、ん、ん、んっ」

そうすることでしか、想いを伝えられない気がして、何度もアデリナを呼んで、永遠にも思えるくらい腰を打ちつけた。

このままではアデリナが壊れてしまうのではないだろうか。でもいっそ、壊れてしまえばいいと思った。

僕をこんなに壊したんだから――

アデリナとお揃いになれるなら、自分はどこまでも壊れても構わないと、ディートハルトは目尻に滲むみじめな感情を抑えるように強く目を瞑り、ただひたすらアデリナの身体を貪り続けた。

七章

目を覚ましたのは、どうしてなのかよくわからなかった。

気がついたというほうが正しいような目覚めだったけれど、アデリナは身体を起こしながら、全身に痛みを感じて、それがどうしてなのかを考える。

何も着ていない身体には布団がかけられていたが、何があったのかは覚えている。

夜中、突然に現れたディートハルトが襲ってきた。なぜなのか、何があったのかはわからなかった。

ただ現れたディートハルトをもう見たくなくて、拒絶したかった。

会いたいと思っていたときには会えないのに、二度と会いたくないと思っているときに姿を見せるなんて、どれほどひどいのだろうとアデリナはまた頬に涙が零れた。

最初はアデリナが怒っていたはずなのに、途中からディートハルトの怒りのほうが大きくなった。

その勢いに驚いて怯えていると、あっという間にその手に落ちていた。

ひどいことを何度も言われた。身体中に跡が残るくらい、ひどいことをされた。

なのに身体はディートハルトを受け入れている。

そんな自分が許せなくて、アデリナはもう一度泣いた。どうして泣いているのかわからないくらいだ。

ディートハルトは貴族で、アデリナとは身分が違う。なぜか今アデリナを護ってくれていても、結局はアデリナのものになんてならない。いつか離れてしまうだろう。

たった数日傍にいただけで、姿が見えないと寂しいと思ってしまうくらいだったから、これ以上一緒にいるとアデリナは壊れてしまう。

両親が亡くなったときでもこんなふうにはならなかったのに、ディートハルトがいなくなると思うと何もできなくなる。仕事も手につかなくて、本当にどうしようもない。

情けなさで涙が出て、それを止めたくて浴室で冷たい水を浴びた。

少し動くだけでも至る所に痛みを感じる。

どれだけ拘束されていたのか、身体中にディートハルトの痕跡が残っていた。

「こんな……跡ばかりで」

肝心な姿はどこにもいない。

この家には、またアデリナひとりだ。

そしてもう、ずっとひとりなのだろう。

「……っ壊れる――……」

なんてひどい人なんだろう。

ひとりに慣れたアデリナに、ひとりでいる寂しさを思い出させておいて消えてしまうなんて。

心が痛かった。胸を押さえて蹲る。昨日、思うまま泣いたはずだったのに、溢れる涙は止まらなかった。

時間はかかったものの、どうにか落ち着いた後で着替えて、アデリナはまた出かける用意を始める。

休みはもう一日ある。だから今日中に済ませておきたかった。

店に鍵をかけて出かけた先は、東通りにあるベルノの店だ。

何度か、父に連れられて行ったことはあるので、なんとなく場所はわかる。アデリナはそこしか行く場所を考えられなかった。

そういえば、昨日ディートハルトはベルノのことをひどく気にしていたようだったと思い出す。

しかしアデリナにとっては親戚でもあるし、同じ食堂を営む料理人でもある。

今のアデリナの状態ではとてもひとりで店をやっていけないと思い、まだ手伝ってもらえるのなら頼みたかった。図々しい願いだとはわかっているけれど、大事な「黒屋」をこのまま潰すことなどできない。店を続けてきた両親のことを思うと、どうしてもなくせない。

けれどディートハルトの顔を思い出すだけで、また目の前が滲む。こんなにも弱くなった自分が情けない。

　そしてこんな調子だから、やっぱり自分が店をやっていくのは難しいとアデリナは心を決めた。

「黒屋」のことを頼み、これから秘伝の黒シチューも伝えなければならないと思うと大変だし時間もかかるだろうが、今のアデリナが作るよりはましだろう。何度も断ったくせに、と怒られるかもしれないが、また手伝ってもらえるだろうか、と希望と不安を胸に歩く。

　少し迷ったものの、幾人かに訊ねながらたどり着いたのは叔父の店の裏口のようだった。いつの間にか路地の方へ入り込んだらしい。しかし客でもないから表の入口から入るよりは正しいのかもしれないと扉に触れる。

　するとちゃんと閉まっていなかったのか、少し内側に開いた。声をかけようとしたが、中から声が聞こえて思わず口を閉じる。

　アデリナの名前が出てきたからだ。

「――父さん、いつになったらアデリナを手に入れるんだよ？」

「もう少しだ――お前はせっかち過ぎるな。慌てて時期を見逃しても後悔するだけだぞ」

「そんなことばかり言って、俺は早くアデリナが欲しいのに――」

「お前、アデリナはバルテン子爵が望んでいるんだ。お前のものにはならないぞ」

「ちょっと遊ぶくらいいいだろ。どうせあの男とよろしくやってるよ」

「その男、あの護衛とやらも最近見ないし、まぁそろそろ、とは思うが……」

アデリナは息を呑んだ。

よく知る声のふたりが何を話しているかがわからなかったからだ。いや、わかったけれど、頭が理解するのを拒否していた。

どうして、何を……私を、どうするって――

いつの間にか、アデリナの身体は震えていた。

それが伝わったのかもしれない。ゆっくりと目の前の扉が開き、叔父のベルノがそこにいた。そしてアデリナを見て嗤った。

その叔父の顔に、初めて恐怖を感じた。

「これは――なんてちょうどいいのか。いらっしゃいアデリナ。うちの店に来るのは久しぶりじゃないか？　迷わなかったか？」

「わ、たし――」

震えながらも一歩足を引いて戻ろうとしたが、ベルノの手はすぐにアデリナの腕を掴み、そのまま中へ引き入れた。

「遠慮せず、さあ。広さは黒屋と変わらないようにしてあるからね」

裏口から入ると、そこは厨房だ。広さも物の配置も確かに同じ作りだ。以前見たときは何も思わなかったけれど、あまりにそっくりなことに不安を覚える。

けれど、他に人の気配はない。

ベルノとクルト以外の人を感じない。

そういえば、帰国する前にベルノは妻を亡くしたのだと父に聞いたことがあり、ここも家族はふたりなのだとどうでもいいことが頭をよぎる。

「さあアデリナ、お前に会わせたい人がいるんだよ」

「父さん！　僕が先だ！」

「うるさいぞクルト。こうなれば早いほうがいいんだ。どうしたアデリナ？」

動けないアデリナを半ば引きずるように歩かせるベルノは、そこでようやく彼女の身体が震えていることに気づいたのか、にこりと笑った。

「大丈夫だ。黒屋は私に任せなさい。お前はもう、店のことで忙しくしなくてもいいんだ。これからはもっと楽になる」

その「楽」の先は、アデリナには何もないような気がした。


真っ青になったアデリナが連れて行かれた先は、貴族の屋敷だった。

貴族の屋敷の外観はよくわからないけれど、あまり大きくないことは塀の大きさからわかる。しかしそれは比べるものがひとつしかないからだろうか、とアデリナはここことは反対側にある屋敷を思い出す。

今更、そんなことを思ってどうするのか。アデリナはまだ震えたままでうまく声も出なかった。

すぐに逃げなければ、絶対に後悔する――

そう思っているのに、ベルノの手は驚くほど強い。そして背後からクルトも迫っていて、逃げられる状況にはなかった。

バルテン子爵家のものだというその屋敷に入り、入口からすぐの小さな部屋に案内された。そこで少し待つと、アデリナの前に大柄な男が現れる。

その装いからして、彼がバルテン子爵なのだろう。口ひげのある子爵は、上等な服に身を包んでいるようだが、気品があるという感じはしない。

それを不思議に思っていると、子爵の顔がアデリナを眺めてにやりと笑った。

「――っ」

背中がぞくりと震えたおかげで、アデリナは動くことを思い出した。

その笑みから逃げなければ、と身体が警告しているようだ。

「よくやったぞベルノ。散々待たせてくれおって。私の子飼いも失敗ばかりで、所詮は下賤の者だと思っていたが、まぁ私は心が広いからな、許そう」

「子爵様、これで約束の――」

「ああ、報酬は出してやる。店もお前の好きにするがいい」

「――っ!?」

バルテン子爵の言葉に、信じられない気持ちでアデリナはベルノを振り返る。

そこにあったのはまるで仮面をはりつけたかのようなベルノの笑顔だった。

「ありがとうございます――」

「さあ、ようやく私のものになったなアデリナ。お前を初めて見たのは半年ほど前だが、ずっとお前を求めてやっていたんだぞ。ありがたく思い、私に仕えるように」

「え、仕え、って――？」

いったい何がどうなっているのか、不安と恐怖でアデリナはバルテン子爵とベルノを見比べる。

「なんだベルノ、話していなかったのか？」

「申し訳ありません――」

「まったく愚図め。アデリナ、お前はもう私のものだ。この屋敷で、私の相手をして暮らせばいい。私が飽きないように、しっかり励め」

何を励むのか、アデリナは考えたくなかった。けれどさすがに気づく。

そして理解したくないと首を横に振った。

「……い、や、です」

「なんだと？」

「いや、です」

掠れた声でも、アデリナははっきりと言った。

貴族に逆らうなんてどうかしている。この人は、ツァイラー家の人たちとは違う。逆らってはいけない貴族だ。きっと平民が門の前にいるだけで、怒るだろう。

でもアデリナは、素直に頷いて従うことはできなかった。震えていても、怖くてどうにかなりそうでも、絶対に自分の気持ちを偽りたくはない。それがディートハルトを想う気持ちだからだ。

あんなに癇癪を起こして、いたぶられるほどの怒りを向けられて。

もうきっと、嫌われてしまっただろう。

今度こそ、自分のことなど見限られてしまっただろう。

もう二度と会えないだろうけど、アデリナはディートハルトのことを想っていたかった。

彼を想いながら、心が壊れるのを待っているほうがましだった。

ああ、私は――

こんなにもディートハルトが好きだったのだ。

理想的な外見だと思っていたけれど、中身は理想から程遠い。

それでも突き放せなくて、その理由を必死に考えて、ディートハルトの言動に勝手に諦めるための言い訳をつくって自分を納得させたかった。流される気持ちの意味を深く考えたくなかった。

どんな人間でも、貴族であっても、ひどいことをされても、アデリナは心が壊れるくらい、ディートハルトが好きだ。

「私、絶対に、嫌です」

ディートハルトのことを想うと、壊れたはずの心が動いた。

いや、一度壊れたからこそ、強くなったのかもしれない。もしかしたらこの状況では壊れていたほうがましだったかもしれないが、ディートハルトの想いが詰め込まれた心を、もうアデリナは失いたくなかった。

アデリナがはっきりと拒絶すると、バルテン子爵は顔を真っ赤にさせて怒った。

「なん、だと!?　お前、誰に向かってものを言っているかわかっているのか!?」

「――ッ」

その勢いに怯みそうになるけれど、従ったりはしたくなかった。

「私がせっかく、優しくしてやろうというのに！　下賤の存在で生意気な！」

「――っきゃ、あっ!?」

大きな手が伸びる。アデリナが避けるより前に捕まり、強く床に倒された。

板間と違い、絨毯が敷いてあるところはさすがに貴族の屋敷だと思ったけれど、痛くないはずがない。昨日の痛みも引いていない身体は、度重なる衝撃に耐えられず震えるように痛みが広がる。

「う……っつ」

「こんなにも躾が必要だとは！　さすがにお前の血縁だなベルノ！　まったく情けない。娼のひとりも躾けられず、店もやっていけず、何もできずただ愚図愚図と、お前こそが下賤そのものだ！」

バルテン子爵はよほど平民が嫌いなのか、吐き出す言葉には憎しみすら込められているようにも感じられる。

　そしてそれをぶつけるのはベルノだけではない。これからあの大きな手が、自分に降り下ろされるのだろうとアデリナは理解した。そしてそうなると、もう生きていられないかもしれない。

　怖くて、頭を抱えるように身体を丸め、目を強く瞑る。

　アデリナは自分がそんなに頑丈ではないとわかっている。だから衝撃にどれだけ耐えられるだろうか、と必死に身体を固くして振り下ろされる暴力に構えていた。

　そのとき、パンッと軽い音がした。

　何の音なのか確かめることもできず、振り下ろされる拳を待っていると、突然絶叫のような大声が響いた。

「うあああぁぁぁっ」

「――!?」

　何事だ、と驚いて目を開けると、アデリナのすぐそばで床に転がり暴れているバルテン子爵がいる。

　どたどたと巨体で暴れまわっている様子に、いったい何が、と確かめるためにそろりと起き上がると、壁際にいたベルノが無表情にそちらを見ていた。その横で、クルトが茫然とした顔をしている。

「あああっ痛いぃっなんだ、なんだぁっお前、何をしたぁっ」

　バルテン子爵はのたうちまわりながら自分の右腕を庇っている。

　よく見れば、そこに血が溜まっていた。怪我をしたのだ、と気づいたけれど、いったいどうやって、と部屋を見渡す。

　誰も武器のようなものは持っていないし、そもそもバルテン子爵に近かったのはアデリナだ。もちろん自分は何もしていない。

「叔父さん――？」

　何が起こっているのか訊こうとした瞬間、ベルノが近づき、その手が何かを持っているのに気づいた。

　木と鉄の装飾がある杖（つえ）のようだった。

　しかし杖にしては短過ぎる。きっと肘から手首くらいの長さだろう。そしてその杖は床ではなくバルテン子爵に向けられている。

　丸い、あな――

　その先に開いた穴は黒く、その色がアデリナを不安にさせた。

「まったくぶつぶつとうるさい男だ……なにが下賤だ。貴様こそ金もない下級貴族ではないか。自分ではなにひとつできず、威張るだけしか能がない腐った貴族め」

「……と、父さん――？」

　呟いたベルノの声は低く、聞いているこちらの背筋をぞっとさせた。

　クルトもそれに不安を覚えたのか、壁にはりついたままでそっと声をかける。ベルノの視線はまだ痛みを叫ぶバルテン子爵に向けられたままで、声だけでそれに答えた。

「よく見ておくんだクルト。能のない人間はこうして屑にしてしまう必要がある。私を認めない人間は、屑になるんだ」

ベルノが、手に持つ杖の取っ手のようなものを下げると、中心部分がカチリと音を立てて少し回った。

「——ひっま、待てっお前、待てっ」

その先を向けられたバルテン子爵は、ベルノが何をしようとしているのか察知したのか、先ほどまでの威勢はどこへいったのか、怯えた顔で傷ついていないほうの手を振り、相手を遠ざけようとする。

しかしベルノの歩みは止まらず、バルテン子爵の傍に立つと指に力を入れた。

パンッと軽い音がして、もう一度バルテン子爵が叫んだ。

「——ぁあああああっ」

アデリナは確かにその瞬間を見た。

ベルノの持っているものは、武器なのだ。

よくわからないけれど、その先から何かが飛び出るのだろう。目にも見えない速さで、それは音を立てた瞬間にバルテン子爵の足から血を流させていた。

今度は左足を抱えて床で暴れるバルテン子爵に、ベルノは顔を少し顰めた。

「動くな。弾は六つしかないんだ。お前がじっとしていないから、あと三つになってしまったじゃないか」

「あ、あ、あああ……っわる、悪かった！　私が悪かった！　だから許してくれぇっ」

痛みに耐えられないのか、バルテン子爵が泣き叫んでいる。

しかしベルノの表情は変わらなかった。

「お前は屑だ。くだらないことにしか興味を持てない屑め。誰も彼も私を認めない。まったく世の中は屑ばかりでこの国は本当にどうしようもない屑の国だな」

「ひ、ひっひっ、たの、頼む、待ってくれ……っ」

「私が何もできないだと？　私ほど何かを成すのに適した人間はいない。だというのにアルバンは私を認めず、だから屑になったんだ」

「――――」

アルバンは、アデリナの父であり、ベルノの兄だ。

ベルノの言葉の意味を考えて、アデリナの背筋に震えが走る。

堪らず、アデリナは訊いた。

「お、叔父さん……お父さんは、何を認めなかったって、言うの……？」

「アルバンは私を認めなかったんだ！　あのときも、いや、子どものころから！　親父だってそうだ！　いつもいつもアルバンばかりで、私をのけ者にして！　要らないと言って国を追い出したんだ！」

そんなことは聞いていていない。

父から聞いた叔父の話は、小さいころから反抗的だったけれど、修業をするのだとある日、国を出て行ったというものだった。

父が嘘をつくとは思えない。

しかし目の前の叔父は、理性的なようでどこか壊れてしまっているようにも見える。

いったい、いつから、何が――

おかしくなったのか、アデリナは恐怖よりも不安が増し、視線を彷徨わせる。

部屋の端にいるクルトを見れば、青い顔をして父を見ている。おそらくクルトもベルノのこんな一面を知らなかったのだろう。

いつも嫌な視線を向ける従兄だったけれど、今は同じ気持ちだ。

「お、叔父さん、お父さんは、きっとそんなことは……」

どうにか怒りを落ち着かせて欲しいと思ったけれど、ベルノの顔はさらに怒りに染まっていた。

ずっと無表情だったのが、今は目を見開いている。

「お前もだ！　ノーラ！　お前も私を認めなかった！　昔からアルバンばかり贔屓して、私を許さなかった――だから屑になったんだ！　お前を最初に屑にしてやった！」

「――」

アデリナは声を上げられなかった。

ノーラは六年前に亡くなったアデリナの母だ。

そして髪の色は違うけれど、アデリナは母にそっくりだとよく言われていた。

屑って、どういう意味——？

「叔父さん……屑って、なに？　どうして、何を、したの——？」

問いかけながら、答えなど知りたくないと思った。知ってしまうと、後悔するだろうとわかっていたからだ。不安が心を埋めて、目頭がすでに熱くなっている。

怒るベルノの声は、鋭かった。

「死体にしてやったんだ！　六年前！　あの日！　あの熱病の粉を振りかけてやったんだ！」

「————っ」

悲鳴は声にもならなかった。

六年前に帰国した叔父。

六年前に病死した母。

ただ時期が重なっていただけだと思っていた。それだけだと思っていた。

むしろ母の葬儀に出てくれた優しい叔父なのだと思っていた。

熱にうなされ、あっという間に命をなくした母を思い出し、そしてそのまま周辺へ広がった病を考え、身体が震えた。

不安からではない。

王都を襲った恐怖を思い出して、同時に、アデリナは怒りを思い出した。

「――叔父さん、それを……他の人にも、かけた、の……?」

「この国は屑ばかりだったからな。俺を認めない屑など、いないほうがいいんだ」

なんてことを、とアデリナは怒りが突き抜けて力が抜けるほど放心した。

あの熱病は、どうしてこの国の者が発病したのか、原因がわからないままだと王都でも有名だ。おそらく旅をしていた誰かからうつったのだろうが、その者に罪はないからと、国王が国民の心を鎮めて病の沈静化にいそしんだ。

その甲斐があって、王都で流行った熱病は死者の数が百人を超すことはなかった。けれど、大勢の人間が死んだ。

そうだ。最初に、母が死んだのだ。

アデリナはまだ心が戻って来なかった。

その代わりに、震えるような声でクルトが声をかけた。

「と……父さん、その、熱病って、一緒に砂漠の国にいたときに……母さんがかかったやつ、だよね……?」

「そうだクルト。安心するがいい。私にもお前にも、すでに抗体はあるからあの病にはかからない。屑にはならないいんだ」

「か……母さんが、それで死んだのに?」

「お前の母親は、何かと口うるさくなって、終いには私を認めようとしなくなった」

「……そんなの……それで、殺しちゃったの?」

「屑は仕方がない」

ベルノのあっさりとした答えに、クルトはアデリナと同じように放心したようだが、不意に身体を大きく震わせ、青い顔を真っ赤にさせたかと思うと、突然叫んだ。

「……っうわあああああっ」

その勢いのまま、クルトがベルノに向かって走り出す。それはまるで何もない場所に突っ込んでいくような勢いで、ひるんだベルノを捕まえられるかもしれないと思ったけれど、そうはならなかった。

パンッともう一度乾いた音がして、悲鳴も上げずにクルトが床に倒れ込む。

「――っ」

倒れたクルトの下が、真っ赤になって広がった。

「なんて騒がしい。お前も屑だったのか」

息子に武器を向けながら、ベルノはまた淡々と言い切った。

「……っう、うっ」

微かに呻き動いているようだから、クルトは死んではいないのだろう。

けれどその広がる血が、アデリナの嫌な記憶を呼び覚ます。

ちょうど、こんな様子だった。

路地で倒れた父が。

傷跡は小さいものだった、と死因を調べた医師は言っていた。そして血を流し過ぎたのだとも言っていた。

「屑のせいで弾が減ったじゃないか。あとふたつしかない」

ベルノは何と言っていたか。アデリナは彼の言葉を思い出す。

その武器の弾は全部で六つしかない。

バルテン子爵にふたつ、クルトにひとつ。残りはふたつ。

あとひとつ――

ひとつ足りないと、アデリナは声を上げた。

「……それ……それを、もしか、して、おとう、さん、に……?」

訊いたけれど、答えは欲しくない。

否定して欲しかった。

けれど、ベルノは簡単に頷いた。

「そうだ。屑には必要だったからな。これは砂漠の国で手に入れたんだが、なかなか使い勝手がいい。残りが少ないから、どこかで弾を見つけないと……」

人の命を奪う道具を、人よりも大事に扱うベルノがアデリナには理解できなかった。

それですでにひとりの命を奪っているのに。

それ以外にも大勢の命を奪っているのに、手に残る武器の心配をしているベルノが悲しかった。

アデリナの頬に流れるように涙が零れた。何かが決壊したように、ただ涙が溢れる。

心の中が、悲しいと言っている。

ベルノの壊れている心が。

大勢の人と一緒に亡くなった母の心が。

同じように母を亡くしたクルトの心が。

小さな武器で命を落とした父の心が。

この心を、どうしたらいいのかわからない。

わからないからこそ、ただ涙が流れるのかもしれない。

誰か、とアデリナは呼んだ。

この場には他に誰もいないのに。

これだけ騒いでも、この屋敷の人は誰ひとりとして部屋に入って来ない。もしかしたら、もう世界には誰も残っていないのかもしれない。そんな錯覚すら覚える。

それでも、誰かにいてほしかった。

この悲しみから救ってくれて、ただ泣いているアデリナを、心の壊れたアデリナを動かしてくれる誰か。

頭に浮かんだ顔は、やっぱりひとりしかいなかった。

「――アディ！」

耳に届いた声は、願望が聞かせた空耳かもしれないとアデリナはぼんやりと思った。

＊＊＊

ディートハルトは夜が明ける前にツァイラー家に戻り、そのまま三階まで上がると格子に囲まれた部屋に入った。

そして床に座って寝台を背に足を抱える。

翌朝になって、それを見つけた次兄の呆れた声がしたけれど、どうでも良かった。

「せっかくエッダに頼んで出してやったのに、自主的に戻って来てどうする」

「お前、実は馬鹿なの？」

「子どもだとは思っていたけど、あ、まさかアデリナに振られ――」

「馬鹿者。そういうことは言わなくていい」

次兄の声に続き、双子の声と長兄の声までする。つまり兄たちが全員揃って哀れなディートハルトを見ていた。

ディートハルトは、一晩考えたけれどわからなかった。

せっかく会えたというのに、アデリナの気持ちがわからず、堪らなくなってひどいことをしたけれど、ディートハルトの気持ちを裏切るアデリナが悪いのだから仕方がない。

こんなにもアデリナを想っているのに、それが届かないなんて――

そうか、これが振られるということか、とディートハルトは兄の言葉で気づいた。

振られた——

そう思うと、さらに重たいものが心にのしかかる。

「そうわかりやすく落ち込むな。お前はいつまで子どもでいるつもりだ。少しはましになったと思ったのに」

ゲープハルトの言葉はその通りかもしれないが、今は気にする気にならない。

「何があったんだ？　アデリナはなんて言った？　待っててくれたんじゃないのか？」

「アデリナはお前のことを心配していたんだぞ？　お前は何を言った？」

ハルトムートとハルトウィヒの言葉は嘘だ。

アデリナはディートハルトのことを心配もしていないし、待ってもいなかった。

明らかな拒絶は、ディートハルトの心を粉々にするほど傷つけた。

あんなふうに泣いてしまったことは初めてで、またアデリナが憎らしくなった。

好きと同じだけ憎い。

それが顔に出ていたのか、エックハルトの呆れた声がかかる。

「お前は、また自分のことだけを考えているな？　周りのことを考えろとあれほど言ったのに。子どものままでいるのなら本当にこの部屋から出さないからな」

「だってアディが！」

ディートハルトが悪いと決めつける兄たちの言葉に、反射的に声を上げる。

見上げると、長身の四人が並んでいて、自分が虐められているような気分だった。

エックハルトは双子を叱ってからディートハルトに優しい言葉をかけてくれる。やはり、ディートハルトには甘い。

「お前たちも少し黙っていなさい。ディートハルト、わからないことは、相談すればいいだろう。何のためにお前に兄がいると思っているんだ」

「彼女はどんなことを言ってお前を振ったんだ？」

「お前がこんなに傷つくなんて珍しいな」

「アデリナが、どうした」

ディートハルトはもう一度顔を伏せて昨日のことを思い出した。

「……帰れって言った。もう顔も見たくないって、お帰りくださいい貴族様って……ずっと心配してたのに、僕の護衛なんて要らないって……」

言っているとまた悲しくなってくる。

他の男がいいのだと思うと、ディートハルトはさらに憎かった。

この気持ちをわかってもらえるだろうか、と兄を窺うと、四人が揃って呆れた顔をしている。

「……お前」

「あれ、うちの弟ってこんなにも馬鹿だった？」

「こんなにも馬鹿だったんじゃないか？　この通りだし」

「……ディートハルト」

最後のエックハルトの低い声に、ディートハルトは背筋が伸びる。

叱るときの声そのものだったからだ。

「お前は、ちゃんと謝ったのか？」

「謝る？」

どうして僕が、と首を傾げると、呆れた四人は揃って天井を仰いでいた。

「いいか、ディートハルト？　お前が馬鹿なのは俺たちはよく知っている。けど、アデリナはどうなんだ？」

「お前、急に消えたことになっているんだぞ？　アデリナの前から」

「護衛をするって言っておきながら、突然帰らなかったし、俺たちが行くまでアデリナは何も知らず、お前の心配をしてくれてたのに」

「彼女の父も同じように帰らず亡くなったんじゃなかったか？」

兄たちの説明を聞いて、ディートハルトはようやく納得した。

「つまり――……」

つまり、アデリナは怒っていた。

そしてそれは、ディートハルトが心配だったから。

何の連絡もなくて、捨てられたと思ったから。

ということは、アディは僕が好きなのか。

ディートハルトはその結論に達すると、それまで抱え込んでいた重苦しい感情がぱあっと晴れた。

さっきまでとは打って変わり、身体が軽くなる。

そのまま勢いよく立ち上がり、道を塞ぐように立っている兄たちを避けて部屋を出ようとするが、それをエックハルトの手が止める。

「待て」

「立ち直るのが早すぎる。また考えずに行動しようとしているな、お前は……」

その先は聞こえなかった。

部屋に飛び込んできた声にかき消されたからだ。

「ディートハルト様！」

それはいつも「黒屋」を見張ってくれていた伝令役だった。

「アデリナ様が――攫（さら）われました」

その声を聞き終わる前に、ディートハルトは兄の手を振り切って部屋を飛び出していた。

八章

不思議な武器の、真っ黒な穴の先を見ていると、そこに呑み込まれそうだった。

アデリナは自分に向けられたものに激しい感情を覚えなかった。すでにこの部屋には、無事な人間より壊れた者のほうが多い。向かっていこうとしたクルトさえ倒してしまう武器に、床に座り込んだままのアデリナが勝てるはずもない。

カチリと武器の用意が調った音を聞いた。

これで、終わってしまうのか――

アデリナは、それでも最後に見たいと思った。

聞きたいと願った。

夢の中で逢えるのなら、今すぐ眠ってしまおう、と目をつむった時、現実に耳が声を拾った。

「アディ！」

その声に反応したのはアデリナだけではない。

アデリナに武器を向けていたベルノも同じように声の方を向いた。

部屋の入口にいたのは、夢でもいいから逢いたいと思っていた人の姿だった。アデリナの心を奪って壊してしまった、ディートハルト本人だ。

「……ベルノ、お前それは――」

「ふはは、ようやく来たのか。しかしもう遅い。すぐにお前も屑にするんだ」

ディートハルトがアデリナの代わりに武器を向けられる。ベルノの淡々とした嬉しそうな声に、アデリナは正気を取り戻して慌てた。

「駄目ッディート様、逃げて！」

「もう遅いと言っただろう。これからは誰も逃げられない――」

またパンッという音がした。その音を嫌いになりそうだ。

涙の溢れるアデリナの目がディートハルトを捕らえた。いや、捕らえたつもりだった。

音が聞こえた瞬間、ベルノの武器の先にいたディートハルトはいなくなっていた。

「なんだ、ただの銃か」

呑気にも思えるディートハルトの姿は、部屋の入口ではなく大きな窓がある壁のほうにあった。

「な――っ」

ベルノも驚いていたが、アデリナも驚いている。

確かにあの武器は音を立ててしまっていたのに、ディートハルトは何もなかったようにそこにいる。

「ディ、ディート、様……」

「お前！　お前は今、何をした!?」

ベルノの声は、感情を思い出したように、初めて驚愕に震えているようだった。

けれどディートハルトは不可解なことなどないように肩を竦めた。

「何も。ただ避けただけ」

「避けた!? 避けた、だと!? 避けられるはずがない！ これは、この銃は確かにお前を、今——」

「いい、アディ？」

ベルノは何度もディートハルトと武器を見返していたけれど、ディートハルトのほうはどうでもいいような声でアデリナに話しかける。

「……え？」

「あの武器は、まっすぐに弾を出すだけのものなんだ。だから銃口をよく見て、引き金を引いた瞬間に、移動すれば避けられる。しかも弾がなくなればそれまで。本当にまったくなんて頼りない武器に頼ってるんだか」

最後には、見下したものを隠さないディートハルトの説明のおかげで、ベルノは煽られたように、白かった顔が今は真っ赤になっている。

「お前、おまえぇぇっいいか、これは、おまえなんてすぐに屑にしてやる——」

「できるというのなら、やってみればいいだろ。僕はそんなものより、確実なほうを選ぶけどね」

「——っ」

声にならない叫びとともに、ベルノは本当にディートハルトに向けてその武器を使った。

もう一度、パンッという音が響いたけれど、アデリナの目には映らなかった。

ディートハルトが倒れるところは、見えなかった。

その代わり、次の瞬間にはベルノの隣に立ち、剣を一閃させるディートハルトがいた。

「う、あああああぁっ」

ディートハルトの動きに、少し遅れて叫んだのはベルノだ。

逞しい身体の陰になって、どうなったのかはよく見えなかった。けれど痛みに耐えられないのか暴れるように床の上を転がるベルノの姿は見えた。

あまりの出来事に茫然とそれを追っていると、視界がディートハルトで埋まった。

「アディが見るのは僕だけでいいはずだろ」

この状況で、言うことはそれだけだろうか――

アデリナはいつもと変わらないディートハルトに、呆れればいいのか怒ればいいのか、泣いてしまえばいいのかわからず、とにかく顔を歪めた。

それが笑っているように見えたのは、偶然かもしれない。

「アディ――ごめん、ごめん。もう離れないから。絶対、約束するから」

ディートハルトはアデリナを腕に抱き寄せ、その広い胸に押しつけるように強く抱きしめた。

まだ身体が痛いと言おうとしたけれど、アデリナは泣いているようにも聞こえたディー

トハルトの声に心が苦しくなって、手が動いた。

感情のまま思い切り傷つけてやりたいほど怒っていたような気がするのに、アデリナの手はいつの間にかその背中に回り、上等な服をぎゅっと摑んだ。

「……っディート様、絶対……っ約束して……っ」

「……うん、約束する。だからアディ、僕の傍にずっといて」

子どもがお願いするようなディートハルトの声に、アデリナは何も答えられなくなり、ただ小さく頷いた。

＊＊＊

この事件は、速やかに後始末をされることになった。

だがアデリナがそれを聞いたのは、もっと後のことだ。

アデリナはディートハルトに抱きしめられた後で、安心して気を失ってしまったからだ。

ディートハルトは、斬られた腕を摑んで悲鳴を上げながら部屋から出て行こうとするベルノの背中を見た。追いかけるべきかと逡巡したのは一瞬で、そのままアデリナの身体を抱きかかえる。

そこでようやく兄たちが追いついて、室内の惨状に呆れながらもディートハルトを心配しつつ、逃げたベルノを捕まえてくれたと教えてくれる。

「まぁ、その状況からして、一応護れたようだな」

「大人に近づいたな」

大人になった、とは言わない兄が憎い。

けれど自分でもわかっていた。

絶対に護り通さなければならないものがある。自分の気持ちよりもこの腕の中の気持ちを大切にしたい。そして護りたいと思った。

けれどここまで甘やかされて育った自分が、この日を境に大人になれるとは兄たちも思わないだろう。アデリナもきっと「大人になった」と言っても信じてくれないだろう。

だが、ディートハルトはまだ大人になれないでも良かった。

なぜなら、これからがある。

そして、アデリナはこんな自分でも必要としてくれている。

この先ずっと、アデリナの傍にいて、ディートハルトのことを知ってもらえる。そしてアデリナを知っていける。

それがなにより嬉しく、幸せだった。

人を好きになることと、護ることはよく似ている――

ディートハルトはそう思いながら、優しくアデリナを抱きしめる。そしてその場は兄たちに任せて、帰ることにした。

もちろん、「黒屋」に。アデリナの家にだ。ここにアデリナがいる以上、これからディートハルトの家にもなるだろう。

アデリナの服を着替えさせて、寝台に一緒に転がって目を覚ますのを待つ。安らかな顔を見ていると、このまま一生待っていられる気がする。ディートハルトは飽きることなく見つめた。

いや、物足りなくなるかも――

そう思っていると、アデリナが微かに瞼を震わせた。

さすがはアディだ、以心伝心――

嬉しくなって軽く口づけると、目を瞬かせてアデリナがはっきりと意識を取り戻す。

「アディ……」

「……ディート様」

細い身体を抱きしめると、本当に無事だったのだ、とようやく心から安心できた気がした。

「アディ、大丈夫？」

寝台で向かい合わせに転がったまま訊くと、アデリナは記憶を探るように視線を動かした後で、小さく頷いた。

きっと慌ただしい一日を、ちゃんと覚えているのだろう。

そしてディートハルトのしたことも、忘れていないはずだ。

その目が赤いことに、胸が痛む。

「大丈夫……怪我はしてないから」

アデリナはそう言うけれど、それは嘘だ。

さっき着替えさせたときにはっきり見えた身体の痕跡は、すべてディートハルトがつけたものだった。

あんな跡になるなんて、と驚き不安になった。

アデリナは強く抱きしめても大丈夫だと思ったけれど、想像以上に壊れやすいのかもしれない。

「……違う、僕が……僕がさせた、怪我は」

戸惑いながら自分の罪を告白すると、アデリナは少し頬を染めながら首を振った。

「だ、大丈夫、ちょっと、見かけはひどいようだけど、動けないわけじゃないし」

「……でも、ごめん。アディの身体に、傷をつけるつもりなんて、全然なかったのに」

アデリナに傷を作ってしまったことは、なによりもディートハルトの心を沈ませた。

泣き顔も怒った顔も困った顔も好きだけれど、こんなに傷を作るつもりはまったくなかった。本格的にディートハルトが落ち込んでいると気づいたのか、アデリナのほうが狼狽えているようだ。躊躇いがちに、囁いてくれる。

「大丈夫だから、本当に……次から、優しくしてくれれば、いいの」

「本当？」

「ええ、本当」

「優しくしていい？」

「え？　う、うん……？」

優しくして、のところでディートハルトの気分は一気に浮上した。

アデリナの願いを全力で叶えたくてディートハルトはその小さな唇に口づけた。

「ん……っ」

口を開いて優しく口腔をなぞっていると、アデリナは最初は驚いていたものの、次第にうっとりと受け入れてくれる。

アデリナは、この口づけが好きなのだ。

ぼんやりとしてきた目に笑って、ディートハルトは音を立てて唇を離した。

「アディ……」

それからアデリナを自分の上に乗せるようにしてくるりと向きを変える。

突然ディートハルトを見下ろすようになったアデリナは、ディートハルトの笑みにさらに驚愕する。

「優しくって、難しいからアディがしてくれる？」

「……えっ!?」

何を、と思う前に腰を摑んで自分の上で揺すると、その意味を悟ってまた顔が赤くなった。

「わ、私、あの……っん！」

「お願いアディ……」

ディートハルトの手は素早い。

アデリナの夜着の前を紐解いて寛げたかと思うと肩から落とし、胸を露わにする。

慌てて隠そうとする前に、下から伸ばされたディートハルトの顔がそこに埋まった。

「ん、ん……っ」

胸の先を舌でくすぐり、それから乳房の下をゆっくりと舐める。

自分の歯形があるのがとても嬉しくなって、その跡に何度も舌を這わせた。

「あ、ん、ん」

両方の胸を舌で遊びながら、手はアデリナの腰から下に下りている。胸と同じくらい、お尻も柔らかくて手が止まらなくなる。

ディートハルトの腰を挟むように脚を広げたアデリナの夜着の裾を捲り、下着のない肌を直接弄った。もちろん、わざと下着は着せなかった。

こうしたいと思っていたからだ。

「んっあ、あっ」

後ろから脚の間を弄り、秘所のほうへと指を伸ばすと、すでに熱を持っていた。

襞の間を指で何度も擦り、ゆっくりと強さを増して埋めていく。

ぬちり、と音が聞こえて、ディートハルトは誘われるように指を埋めた。

「あんっんっふ、あ……っ」

びくん、と震えるアデリナは、倒れそうになる身体をディートハルトの胸に手を置くことで支えている。秘所をディートハルトの硬くなった場所に押しつけているのは、きっと無意識なのだろう。

「アディ……気持ちぃい？」

「ん、ん……っあっ」

呼吸と一緒に聞こえる嬌声にディートハルトの心も弾む。

手を伸ばして自分のトラウザーズの前を開き、充分硬度を持った性器を取りだすと、秘所へ押しつけた。

「あ、あ、あっ」

ぬるりと濡れた秘裂が開く。そこでディートハルトの性器を包むようにアデリナが腰を揺らした。

「気持ちいい？　……優しくしてる？」

「んぅ……っ」

ぐっと強く腰を押し上げると、それに反応するかのようにアデリナの中が蠢く。

頬を紅潮させたアデリナが、何かに耐えるような顔をした後で、拗ねたようにディートハルトを睨んだ。

その目が僕をおかしくさせる――

ディートハルトは自分の理性が飛びそうになるのを必死に抑えながら、尖った唇が開くのを待った。

「……ひどい、ディート様」

「ん、僕が？　どうして？　優しくない？」

「……ちが」

アデリナは真っ赤にした顔をできるだけディートハルトから背けようとしたが、下からだとどこまで逃げてもよく見える。

「……い、意地悪、しないで」

そのひかえめな懇願に、ディートハルトの腰が震える。次の瞬間には、すべてがアデリナに埋まっていた。

「あああんっ」

甘い声が耳に響いた。

性急だったか、と思ったけれど、せがんだのはアデリナだ。

自分は悪くないと言い訳をしつつ今度はゆっくり腰を押し上げて、そして下ろした。

「あ、あぁ……」

吐息のような喘ぎに、ディートハルトはそうか、と納得した。

「これがいい？」

「あ、あぁん」

下からゆっくりと内壁をくすぐるようにすると、アデリナは背中を反らせて感じているようだった。

「ここ？」

「あっあんっあっ」

「うわ、すごい……」

一番いい場所を見つけ、性器の先で擦りつけてやるとこれまで見たことがないような蕩けた顔で揺れている。

「すごい……気持ちいい」

「ディート様、も？」

アデリナの気持ちが移ったのか、激しくしなくても中心に熱が高まる。

アデリナにあどけない声で問いかけられ、当然だと頷いた。まったくこれが年上だなんて誰が思うだろうかと思うほど、アデリナは可愛い。

僕の、アディだ——

ディートハルトはもっとアデリナをよくさせようと思いながら、下からその頬に手を伸ばす。

「気持ちいいよ、アディ……でもそろそろ、その『様』っていうのを取ってくれると、もっと気持ちいい」

「あ、ん……ディート？」

「……うっ」

あまりに素直すぎて危うく達してしまいそうになった。ディートハルトは自分を抑え、もっと今の興奮を味わいたいと柔らかなアデリナの頬を撫でる。

「もっと、呼んでアディ」

「ん、ん、ディート……っディート、あっあんっ」

優しく、と言われたのに、最後には興奮を抑えきれず、下から激しく突き上げ振り回されるアデリナを押し上げながら達した。

アデリナの中を自分でいっぱいにするのがなにより幸せだとディートハルトが考えていると、胸の上にアデリナが倒れ込んでくる。

その重みも心地良くて、ゆっくりその背中を撫で続ける。

「ん……」

そうしていると、絶頂の震えから戻ってきたのか、少し冷静になったアデリナが恥ずかしそうに身体を起こした。

しかしまだ中心は繋がったままだ。

「あ、あの……」

頬を染めたアデリナは、それを抜こうとディートハルトを跨いでいた足を動かそうとするけれど、この気持ち良さを奪うのはアデリナでも許されない。

「アディ、まだだよ」

「……えっ？」

「さっきは優しくできなかったから、今度はちゃんと優しくする」

ディートハルトの説明が理解できないと狼狽えるアデリナに、下からもう一度腰を揺らしてみせる。まだまったく衰えない性器に、終わりが見えないことを悟ったのかアデリナは幾分顔を青くした。

「ま、待ってあの、ディート……んんっ」

「アディ……アディ、お願い」

「あ、あんっあっや、あっな、なにっ⁉」

下から緩い速度で押し上げていると、もう一度感じ始めたアデリナは揺れながら訊いてくる。ディートハルトの願いは決まっていた。

「アディ、僕の傍にいて……離れないで、お願い」

「あ、あ、ん……ん」

揺れながらでも、アデリナが頷くのがわかった。

その頬が赤みを増し、潤んだ目の奥が喜びを見せているから、意味も理解したのだろう。

それに気を良くして、ディートハルトはもっと揺らしたくなる。

「アディ、僕と……結婚してくれる?」

「あ、ん、ん……んっ⁉」

同じように頷こうとしていたけれど、アデリナは言葉の意味を遅れて理解して、一度正気に戻ったようだ。首元まで赤く染まったまま、狼狽える。

「あ……っ!?」

「お願いアディ……好きだよ、好き。アディが好きなんだ……」

「あ、ま、まっ、て、あの、あ、んっんっで、も……っ」

「結婚してアディ……僕のものになって、僕をアディのものにして」

「――っんんっ」

びくん、とお腹が震え、アディの身体に力が入った。

その動きが、どんな意味を持つのかは中に挿れているディートハルトが一番よくわかる。

達したのだ。

まだそこまで追い上げていないはずだけど、と首を傾げるディートハルトに、アデリナは自分がどうしてそうなったのかをちゃんと理解しているようで、全身を赤く染めている。

きっと今舐めたら、どこも甘いはずだ。

ディートハルトは嬉しくなって上体を起こした。

「きゃ……っ!?」

「アディ……！　アディ、嬉しかったの？　僕のものになるのが？　僕がアディのものになるのが？」

「――――っ」

何も答えないのが、アデリナの答えだ。

それがあまりに嬉しくて、ディートハルトはアデリナの背中を寝台へ倒す。

た。

「あ、れ……？」

アデリナが気づいたときには、ディートハルトはアデリナの脚を抱えてのしかかってい
た。

「あ……っ？　ま、待って、待ってあの、え？　優しく、は……!?」

「ごめんアディ、我慢できなくなった。後で、この後ならちゃんと優しくするから
……っ」

激しく律動しながら、ディートハルトは違わない、とアデリナを抱きしめた。

「あっあ、あ、あっや、それ、ちがあ、あぁあんっ」

甘い声に幸せを感じながら、ディートハルトは全力で愛す決意を決めた。

「ディート、ディー、トぉ……っ」

反対に、全力で逃げ出しそうになっているアデリナを、ディートハルトは逃がすつもり
はなかった。

終章

国の上に立つ者は、国民を護るべき立場にある。

それが現国王の言葉だ。

それ故に、平民とはいえ国王の大事な民に手を出そうとしたバルテン子爵は捕らえられ、爵位をはく奪された後で重い刑を言い渡された。

国中を不安に陥れた六年前の熱病を起こしたベルノは、国賊として捕らえられ、その命で償うことになった。アデリナの父、アルバンの殺害理由は、この熱病のことを彼に知られたからだとも自供した。

ベルノの息子であるクルトは、同じようにアデリナに危害を加えようとしたものの、父親の計画を知らず、また実際に手を下していないということで、国外追放という処分が下った。

もう二度と、アデリナは自分の親族に会うことはないだろう。

けれど、家族は増えるものだ。

アデリナの家族は、ここにいる人たちがすべてで、きっとこの先はもっと増えるに違いない。

アデリナは広い庭に揃った人々を見て、嬉しそうに目を細めた。

「どうしたの、アディ？」

隣に寄り添うディートハルトに声をかけられ、アデリナの視線の先を一緒に見つめる。

アデリナと一緒に「黒屋」をずっと支えてくれた従業員たちがそこにいる。

賑やかなディートハルトの兄たちも全員揃っていた。ディートハルトの両親はとても優しい人で、想像していた貴族像とはまったく違っていて却って驚いた。

ツァイラー子爵家の部下だという面々は、強面の人も多いけれど、「黒屋」にも来てくれる楽しい人たちだ。

そのすべてを見て、アデリナは彼らすべてがとても幸せな家族だと感じたのだ。

なにより、彼らとの縁を繋げてくれたひとりの人は、アデリナの心を簡単に奪って今も隣で笑っている。

庭のベンチに寄り添って座るディートハルトの今日の服装は帯剣はしてないものの、一段と麗しい礼装だ。

精悍な顔つきにとても似合っていて、いつも以上に見とれてしまい、ヘルガにはすでに何度かからかわれている。

対するアデリナの服装も普段とは違う。

一生着ることもないと思っていたドレスに身を包んでいた。

コルセットは少し苦しい気もするけれど女性らしい身体の形を引き出してくれる。スカートのドレープはとても深くて、布の滝がそこにあるようで、ひとりではまともに歩けないほどだ。

とはいえ、今日は歩く必要はないと、ずっとディートハルトが抱いて移動してくれる。恥ずかしいからいいと断っても、今日はこれが自分の仕事だと言って譲らない。

花嫁の隣に、花婿がいるのは当然だとディートハルトは笑った。

アデリナも笑った。

そうじゃなくても、ディートハルトはアデリナから離れたりしないくせに。

それがもうあたりまえになっていて、アデリナ自身を笑わせる。

ディートハルトは、アデリナの傍にいるために貴族の身分を捨てた。

そこまでする必要はないとアデリナは思ったし、彼の家族もずっと止めていたが、彼は諦めなかった。そこには、アデリナの傍にいる、という理由だけでなく、アデリナを護り続ける覚悟があって、その決意に誰も口を挟めなかった。

もう本当に子どもではなくなった、と彼の家族が寂しそうにしているのを見て、アデリナのほうが辛くなる。けれどディートハルトはディートハルトだった。

貴族位を失くしても、家族であることに違いはないと、どこか沈んでいた彼らをもう一度笑顔にさせる。それを見ると、アデリナも嬉しかった。

家族を減らしたかった訳ではない。縁を繋いでくれるディートハルトをアデリナはまた好きになった。

ひとしきり笑うと、アデリナはディートハルトの兄から小さな合図を受け取った。

ディートハルトは首を傾げているが、それに構わずアデリナはベンチから立ち上がる。

「アディ？」

「ディートも立って」

慣れたように支えようとするディートハルトの手をとり一緒に並んだものの、すぐにアデリナは一歩離れた。離れたことにディートハルトは驚き、目を瞬かせたが、それまで好きなように広い庭に散らばっていた人々が集い、ディートハルトを囲うようにして整列していることにもっと驚いていた。

「どうしたんだ？」

何が起こっているのかわからない、というディートハルトに、兄たちと両親が前に進み出た。彼らも今日は正装している。

並んだ家族の真ん中から家長であるエックハルトがもう一歩進み出て、ディートハルトに膝をつくよう促した。わからないまま従うディートハルトも、彼らが何をしようとしているのか薄々理解し始めて頬を紅潮させていた。

片膝をつき、騎士が控える形をとったディートハルトを見て、エックハルトはいつの間にか静かになった庭に声を響かせる。

「これより、任命式を執り行う」

ディートハルトは息を呑んで背筋をぴんと伸ばし、ゲープハルトから剣を渡されるエックハルトを見た。

それを受け取り、エックハルトはその肩に白刃を置いた。

「鍛錬を怠ることなく、日々精進を重ね、そして護るべきものを見つけ、無事成人を迎えたことに、宣誓する。我、汝を騎士に任命す」

アデリナはその光景を初めて見たけれど、これほど輝かしいものはないと自然と目が潤むのを止められなかった。明るい陽射しの中で、家族たちに見守られ、ディートハルトが一人前だと認められている。

エックハルトの言葉が、アデリナの耳にも心地良く届いた。

謙虚であれ
誠実であれ
礼儀を守れ
裏切ることなく
欺くことなく
弱者には常に優しく
強者には常に勇ましく
己の品位を高め
堂々と振る舞い
民を護る盾となれ

主の敵を討つ矛となれ
騎士である身を忘れるな

声がやむと、ディートハルトの肩に置かれた剣が目の前に移動した。そこへ、ディートハルトは口づける。

それがディートハルトが騎士に叙された瞬間だった。

ディートハルトはすぐに立ち上がり、渡された剣を納めたが、俯いたままだった。その剣は成人のあかつきにと用意されていたものだ、とアデリナは聞いている。背の低いアデリナからは、顔が上げられない理由が見えた。

「ディートハルト。お前を誇らしく思うよ……おめでとう」

長兄の言葉に、ディートハルトは一歩近づき、大きな腕に抱き込まれても何も言わずその肩に顔を埋めた。

そこで周囲が時間を取り戻したかのように、わっと歓声を上げる。

長兄以外の兄たちも、末っ子を交互に抱きしめ、父から小さな母にまで抱擁され、ディートハルトはその全員にされるがままになり、最後にアデリナに足を向けて腕を広げて抱きしめた。

「……おめでとうございます、ディートハルト様」

「……アディ、知ってたの？」

目は潤んだけれど、笑みを抑えられないアデリナが囁くと、その身体を掻き抱くように力を入れたディートハルトが俯いたまま恨めしい声を上げる。

アデリナはもちろんだ、と笑った。

この任命式は、ツァイラー家の成人の儀式なのだと教えられたのは数日前のことだ。

正式に騎士になれば君主である国王からの任命式があるというが、ツァイラー家の全員が騎士になるわけではない。しかし武を以て国に仕えると公言しているツァイラー家では、家族全員に認められればこの儀式を行うのが慣例らしい。

ディートハルトは貴族位を失くした時に、それを諦めていたらしかった。しかし、末っ子に甘い兄たちが、それを放っておくはずがないとアデリナももう知っている。

「……もう、アディも、兄さんたちも、ひどいよ」

恨み言を言うディートハルトの声は、本心を隠しているとわかる。

周囲の家族たちは、ディートハルトを驚かせるのに成功したと喜んでいる。アデリナも同じ気持ちで胸がいっぱいになった。

「ディート、好き」

その言葉に、ディートハルトはようやく顔を上げた。目もとが赤いまま、睨むような視線を向けたのは一瞬で、蕩けるような笑みに変化した。

「僕のほうが、好きだよアディ。だから僕の傍から、離れないで」

相変わらず子どものわがままのようなお願いに、アデリナは彼の目を見つめた。

その願いは、アデリナの願いでもある。

この先はもっと、離れられなくなるだろう。

アデリナはお腹の中に、ある予感を覚えていて、さてディートハルトにそれをいつ教えるかと笑った。きっと、さっき以上に驚き、喜んでくれるはずだ。

それを楽しみに、その唇に顔を寄せた。

　アルヴァーン王国の王都の門からまっすぐにのびる一番賑やかで大きな本通りには、四代続く食堂がある。

　その食堂の名物は真っ黒なシチューだ。

　見た目に反して、一度食べると病みつきになるという評判にはまだ一度もケチがついたことはない。

　いつも客の多い店だけれど、そこではあまり諍いは起きない。

　なぜならその食堂には、護衛がいるからだ。

　その護衛は、常に女店主から離れず、間に誰かが入ることをよしとしなかったし、少々嫉妬深くあった。

　けれど家族の増えた「黒屋」には、今日も楽しそうな声が響いていた。

あとがき

この本は担当さんの愛情で半分できています。

半分の半分は、国原(くにはら)さんの麗しい絵でできてます。

残りの4分の1に私の全力が表れてますでしょうか？　伝わりますか？　ありがとうございます（と先にお礼を言ってみる）。

私はパソコンの前にいる時の無音が耐えられない人で、常に音楽をかけているわけですが……聴いている歌に感銘を受けてお話が浮かぶ時があります。多々あります。

今回もそう。私の大好きなアーティストの歌で愛を叫ぶ歌があります。自らのすべてを投げ出す愛を叫ぶ歌があります。これがエンドレスにはまりました。ずっと聴いていたい。

今回のお話、というかヒーローの歌ですかね。

まぁそんな感じでできあがった一冊です！　皆さまにニヤッとしていただければ幸いです。

梅雨が梅雨っぽくなく、本当に一気に真夏になってる今日この頃。各地で大気は不安定、とよくニュースで聞きます。ただ暑いだけでは文句など言っていられないのかもしれませんが……暑いものは暑い！

そんな文句を垂れ流しながら。次回また会える日を願って。

秋野真珠

この本を読んでのご意見・ご感想をお待ちしております。
◆ あて先 ◆
〒101-0051
東京都千代田区神田神保町2-4-7 久月神田ビル7階
㈱イースト・プレス　ソーニャ文庫編集部
秋野真珠先生／国原先生

押（お）しかけ騎士（きし）は我慢（がまん）しない

2016年8月7日　第1刷発行

著　　者　秋野真珠（あきのしんじゅ）
イラスト　国原（くにはら）
装　　丁　imagejack.inc
D　T　P　松井和彌
編集・発行人　安本千恵子
発　行　所　株式会社イースト・プレス
〒101-0051
東京都千代田区神田神保町2-4-7 久月神田ビル8階
TEL 03-5213-4700　FAX 03-5213-4701
印　刷　所　中央精版印刷株式会社

ISBN 978-4-7816-9582-2
定価はカバーに表示してあります。